Lena Hach

Zoom

Alles entwickelt sich

Für Jacob.

Lena Hach

ZOOM

Alles entwickelt sich

Roman

BELTZ
& Gelberg

Danke an Liesel Decker, die nicht nur in Trier eine wunderbare Gastgeberin und Freundin war und ist.
Sowie an all jene, die dafür gesorgt haben, dass ich auf Klassenfahrten Spaß hatte – trotz Anflügen von Heimweh und den unvermeidlichen Tageswanderungen.

Dieses Buch ist auch als E-Book erhältlich
(ISBN 978-3-407-74513-2)

MIX
Papier aus verantwortungsvollen Quellen
FSC® C089473

www.beltz.de

Lektorat: Christian Walther
Neue Rechtschreibung
Einbandgestaltung: Christiane Hahn/www.christianehahn.de
unter Verwendung eines Motivs von plainpicture/Kniel Synnatzschke
Gesamtherstellung: Beltz Bad Langensalza GmbH, Bad Langensalza
Printed in Germany
ISBN 978-3-407-81185-1
1 2 3 4 5 19 18 17 16 15

Das alles hier habe ich recherchiert. Und zwar gründlich. Aber weil es ziemlich privates Zeug ist, werde ich es nicht veröffentlichen. Das heißt, zumindest nicht in der WMNW, unserer Schülerzeitung. Die vier Buchstaben stehen für Was Marie Nicht Wusste, denn unsere Schule ist nach Marie Curie benannt, die dafür bewundert wird, dass sie sich nicht mit einem Nobelpreis zufriedengegeben hat. Nein, die Gute hat sich gleich zwei geschnappt!

In unserer neuen Ausgabe wird es also nur um das Übliche gehen: die unterirdische Qualität des Cafeteriafutters, den überfälligen Anbau für den Physikunterricht und die Tatsache, dass Toilettenrollen im ganzen Gebäude Mangelware sind. Wobei, auf den Lehrertoiletten gibt es bestimmt dreilagiges, parfümiertes Blümchenpapier, das beim Abreißen leise klingelt.

Aber ich schweife ab.

Was ich eigentlich sagen will: Angehende Journalisten wie ich haben eine Verantwortung, und in diesem Fall heißt das, schweren Herzens auf eine gute Story verzichten. Aber weil es schade wäre um all die Arbeit, die ich mir gemacht habe, und weil ich das, was in diesem Jahr passiert ist, irgendwie loswerden muss, halte ich es hier fest. Ihr werdet euch vielleicht fragen, woher ich die ganzen Details über Till und Paula habe, warum ich auch von Begegnungen berichte, bei denen ich nicht einmal anwesend war. Die Antwort ist einfach: Weil ich es kann! Außerdem habe ich jede Menge verlässliche Informanten. Und wenn ich doch einmal etwas nicht wusste, habe ich die Lücken, sagen wir mal, fantasievoll gefüllt …

— Teil I

ZU HAUSE

01

Der Klein griff nach dem Beethoven-Kopf und stützte sich auf der Lockenmähne aus Gips ab. Wie ein Friseur, der gleich ein besonders ergiebiges Shampoo einmassieren wird. Und die Pflegespülung direkt hinterher. Nur dass sich die Knöchel seiner Finger langsam weiß färbten und seine Lippen zitterten. Und dann begann der Klein, uns mit bebender Stimme von den Lernfenstern zu erzählen. Genauer: »Von der Bedeutung der Lernfenster für die individuelle Entwicklung«. Klingt kompliziert, ist aber ziemlich simpel: Angeblich sind bestimmte Zeitpunkte im Leben eines jeden Menschen besonders dafür geeignet, um gewisse Sachen zu lernen. Und angeblich hatte die gesamte 10a, also wir, ihr Musikalitäts-Lernfenster verpasst.

»Das Fenster ist verriegelt und verrammelt«, rief der Klein schwer seufzend. »Und das wird auch so bleiben!«

Die meisten Lehrer kapieren einfach nicht, dass manche Wörter dafür sorgen, dass der Grad der Aufmerksamkeit gegen null sinkt. Beziehungsweise komplett im Minusbereich verschwindet! Außerdem breitet sich ein Lachen aus, das sich je nach Klassenstufe in schüchternem Kichern oder haltlosem Wiehern äußert. *Verrammeln* ist so ein Wort. Auch *Kartenstän-*

der kann Probleme mit sich bringen. Oder *Ausschnitt. Gummi. Gleichschenkliges Dreieck.*

Es gibt tausend Beispiele. Allesamt Wörter, die wir begeistert missverstehen. Es ist unsere ganz eigene Variante von Teekesselchen. Deshalb habe ich auch ganz bewusst Beethoven-Kopf und nicht Beethoven-*Büste* geschrieben. Eigentlich sollten Lehrer vor ihrem ersten Einsatz eine Art Vokabelliste der dringend zu vermeidenden Wörter bekommen. Sicher wären sie dafür ganz dankbar. Andererseits hätten wir Schüler dann deutlich weniger Spaß.

Wie auch immer: In dem Moment dachte der Klein, wir würden über seinen psychologischen Vortrag lachen. Wie er auch davon überzeugt war, wir hätten sein geliebtes *Oh, Happy Day* absichtlich sabotiert, indem wir schiefe Töne aus unseren Kehlen pressten. Aber da tat er uns unrecht. Wir waren in den – hoffentlich – letzten Zügen unserer Pubertät, wir konnten nicht anders. Zumindest der männliche Teil der Klasse. Auf jeden Fall schlug der Klein den Klavierdeckel zu und rauschte aus dem Saal. Ein Abgang wie ein Opernsänger. Oder wie sein großes Vorbild, Beethoven. Der ist ja angeblich ein ziemlicher Choleriker gewesen. Und gehörlos! Der geniale Komponist hätte sich im Gegensatz zum nicht ganz so genialen Musiklehrer bestimmt nicht weiter daran gestört, dass unser Gesang am anderen Ende der Talentskala lag. Kaum war der Klein verschwunden, brauste Beifall auf. Und wir hatten plötzlich frei. Es war also in der Tat ein happy day.

Den Rest der Stunde hingen wir in der Cafeteria ab. Mia fiel über Henning her, das heißt, sie begann, ihm einen Zopf zu flechten, den sie wie eine Girlande um seinen Schädel wickelte. Es gibt immer noch einige Idioten, die sich über Hennings Mähne genauso lustig machen wie über sein ausgeprägtes Interesse für UFOs. Aber die haben einfach nicht kapiert, dass eine ausgefeilte Strategie dahintersteckt. Nicht hinter Hennings Vorliebe für Fliegende Untertassen, versteht sich, das ist einfach nur verrückt! Sondern hinter seiner Frisur. Denn dank seiner schulterlangen Haare kommt Henning ständig in den Genuss, von weiblichen Wesen befingert zu werden. Das sollen andere ihm erst einmal nachmachen.

Till, zum Beispiel. Der musste aufpassen, dass sich nicht sein Lernfenster für den ersten Kuss schloss. Soweit ich wusste, wurde der noch nie von irgendjemandem befingert. Der befingerte nur seine Leica. Klingt wie ein Hund, ist aber eine alte Kamera. Analog, verchromt und mit knallrotem Trageband. Auch jetzt lag das Ding keine zwei Lineallängen von ihm entfernt auf dem Tisch. Gleich daneben saß Daniel, der sein Miniaturschachbrett ausgepackt hatte und über komplizierten Situationen brütete. Die Zwillinge Ja und Jo – mit vollen Namen Jan und Jonas Juskowiak – hingen Käsebrötchen kauend über Daniels Schulter, um ihm ungefragt Tipps zu geben. Daniel ist ein wahnsinniger Nerd, aber eines muss man ihm lassen: Er hat für uns Normalsterbliche ein unglaubliches Maß an Geduld. Völlig gelassen pickte er die Brötchenkrümel vom Brett und erklärte Ja und Jo, warum ihre Vorschläge durchaus interessant, aber in diesem konkreten Fall leider nicht zielführend seien. Bald wurden die beiden sowieso abgelenkt, weil Johanna aus der Zwölf einlief. Die grauen Cafeteriafliesen verwandelten sich in einen glitzernden Catwalk. Johanna hatte ihre blonden Haare hochgesteckt, eine luftige Riesenzwiebel, die beim Gehen im Takt mit ihren Brüsten wippte.

Den meisten von uns, Jungs wie Mädchen, blieb der Mund offen stehen. Im wahrsten Sinne des Wortes: Jo fiel ein fein säuberlich mit Spucke verzierter Brötchenbrocken aus dem Mund, mitten auf das Schachbrett. Ich glaube, es war Feld c4. Genau in dem Moment drückte Till auf den Auslöser seiner Kamera. *Klick.* Aber niemand interessierte sich dafür. Obwohl klar war, dass das ein absolut geniales Foto abgeben musste. Ein Bild, das auf jeden Fall in die Abizeitung gehört! Ein Bild, das selbst beim goldenen Klassentreffen in fünfzig Jahren noch mal ausgepackt wird. Jonas Juskowiak spuckt auf Daniels Schachbrett und trifft dabei den weißen Turm! Das halb durchgekaute Brötchen bleibt oben auf der Spielfigur liegen, zwischen den winzigen Plastikzinnen! Man sieht sogar seinen Zahnabdruck im feuchten Weizenklumpen. Ich meine, wie schräg ist das denn? Aber kein Schwein sagte was und das lag ausnahmsweise nicht an der heiligen Johanna, die war mit ihren Jüngern im Schlepptau längst abgerauscht. Es lag einzig und allein an Till. Der hatte nämlich noch nie ein – nicht ein einziges – Foto mitgebracht.

Da fiel mir diese Fenstertheorie vom Klein wieder ein: Ich war mir jetzt vollends sicher, dass man sie auch auf andere Zusammenhänge übertragen konnte. Zum Beispiel auf Till und seine Leica.

Mal angenommen, Paula würde mir den Auftrag geben, für die WMNW ein Porträt über Till zu schreiben, dann käme ein Wort besonders oft darin vor: nett. Till ist wirklich nett. Zu Lehrern.

Zu Mitschülern. Zu Tieren. (Ich habe einmal beobachtet, wie er eine Schnecke auf die andere Straßenseite getragen hat.) Wahrscheinlich ist Till sogar zu seiner Familie nett. Und ja, ganz besonders nett ist Till zu seiner Kamera … Ein Wort käme in dem Porträt aber ganz bestimmt nicht vor: cool. Es ist weder cool, mit Nacktschnecken zu kuscheln, noch, im Sportunterricht mit schöner Regelmäßigkeit Nasenbluten zu bekommen. (Wenigstens steckt er sich keine zu Tampons gedrehten Taschentücher in die Nasenlöcher.) Es gab aber mal eine Zeit – und hier kommt die Klein'sche Theorie ins Spiel –, da hatte Till die Chance gehabt, cool zu werden. Und zwar richtig cool, eiswürfelinbacardicool. Trotz Schnecken. Trotz Nasenbluten. Das war nach den Osterferien, als Till zum ersten Mal mit dieser alten Leica aufgetaucht ist. Daraufhin passierten zwei Dinge: erstens, die Mädchen nahmen ihn wahr. Und damit bemerkten ihn, zweitens, auch die Jungs. Alle waren sich einig, dass die Kamera »echt retro« war, und hielten ihre Visagen vor das Objektiv. Sogar David war schwer beeindruckt. David, der seine ersten zehn Lebensjahre in den USA verbringen durfte, bevor es ihn nach Hessen verschlagen hat – das will was heißen! Oder um es mit anderen Worten zu sagen: Wenn einer von uns hilflosen Zehnern auch nur die geringste Chance hätte, bei Johanna zu landen, dann war es David Baker. Gerüchten zufolge hat er auf einem Flug von Frankfurt nach Los Angeles, wo sein *grandpa* lebt, schon mal mit einer Flugbegleiterin geknutscht. Anderen Gerüchten nach wurde er mit zwölf Zehen geboren. Aber vermutlich wäre jeder Typ aus unserem Jahrgang bereit, sich den ein oder anderen Extrazeh wachsen zu lassen, und zwar mitten im Gesicht, wenn er dafür mit David tauschen könnte.

Ich meine, wer verbringt seine Ferien schon jedes Jahr am *Venice Beach*?! Mit Venice-Beachballerinnen, eimerweise Sonnencreme und Getränken, die Soda heißen?

Auf jeden Fall hob California-David beide Daumen, als er die Kamera zum ersten Mal sah. Ein doppeltes Thumbs up, das kam nicht oft vor. Gleichzeitig tat David mit dieser Bewegung noch etwas: Er öffnete für Till das Fenster zur Coolheit. Aber er öffnete es nur einen Spalt. Den Rest würde Till schon allein machen müssen: hin und wieder Fotos mitbringen, am besten schwarz-weiß, für den absoluten Retroeffekt. Die Bilder vielleicht sogar selbst entwickeln. Um noch ein bisschen schneller durch das Fenster in die Welt von David und Co zu klettern, hätte Till sich außerdem dringend neue Sneakers kaufen müssen oder mal was zum Rauchen mitbringen. Aber stattdessen brachte Till immer nur die Kamera mit. Immer. Und immer baumelte sie um seinen Hals. Bald fiel irgendjemandem auf, dass die Kleinen genau so ihre Brustbeutel trugen. Und ihre Zahnspangendosen. Es sah wirklich nicht gerade cool aus. Mindestens so seltsam war, dass Till es nicht mochte, wenn jemand anders das Ding anfasste. Nicht mal die schöne Eleni durfte ran. Es dauerte nicht lange und die ersten Witze machten ihre Runde.

»Der nimmt seine Kamera doch bestimmt mit ins Bett.«

»Ich will nicht wissen, was er damit treibt.«

»Und ich will nicht die Fotos sehen, die er damit macht.«

»Selfies der besonderen Art.«

»Die er im Netz verkauft.«

»Wohl eher verschenkt.«

»Spam-Alarm!«

Man muss es nicht weiter erklären. Das Fenster zur Coolheit hatte sich geschlossen. Es war, wie der Klein sagen würde, verriegelt und *verrammelt.* Doch wenigstens war Till nicht durch das Fenster auf der gegenüberliegenden Seite gestürzt – nämlich durch das, auf dem dick und fett *Freak* steht. Nicht dass ihr denkt, er wäre gemobbt worden. Denn bald wurden die Sprüche langweilig, und spätestens, als Nele auf die glorreiche Idee kam, sich eine Dauerwelle machen zu lassen, war sie an der Reihe. Irgendwie musste an ihr vorübergegangen sein, dass es einen kleinen, aber feinen Unterschied zwischen *retro* und *absolut unmöglich* gab.

Die Kamera schleppte Till jedenfalls weiter mit sich herum. In jede Schulstunde, auf jede Party. Ab und zu nahm er den Verschluss vom Objektiv, hielt sich die Leica vor das Gesicht und drückte auf den Auslöser.

Ich habe mich oft gefragt, wie es wäre, die Welt mit Tills Augen zu sehen. Wer ständig durch den Sucher einer Kamera guckt, muss alles anders wahrnehmen: distanziert, ausschnitthaft.

Klar ist: Niemand fühlte sich von Till und seiner Kamera gestört. Niemand richtete seine Frisur oder setzte einen Modelblick auf, nur weil er in der Nähe war. Wir schenkten ihm einfach keine große Beachtung, denn wie gesagt bekamen wir seine Bilder eh nie zu Gesicht. Das war auch nicht weiter schlimm. Denn wenn wir Fotos von uns wollen, machen wir sie selbst, mit der Kamerafunktion unserer Handys. Und die hat bekanntermaßen einen großen Vorteil: Wenn ein Bild nichts geworden ist, wird es sofort gelöscht.

02

»Lass das! Ich muss mich konzentrieren!«

Ich hing vor dem Redaktionscomputer und versuchte, mir den Wikipedia-Artikel zu »Entwicklungspsychologie« reinzuziehen. Damit keine Missverständnisse aufkommen: Das geschah nicht aus reinem Interesse. Ich heiße nicht Daniel. Aber vor einer Weile hatten wir unserem Rektor, Dr. Schmal, versprochen, in der WMNW eine Wissenschaftsspalte einzurichten. Damit wir dem Namen unserer Schule auch gerecht würden. Marie Curie, Physik, Chemie, Wissenschaft – ihr kapiert, was ich meine. (Wir wundern uns heute noch, warum er sich keine Modespalte gewünscht hat. Dr. Schmal trägt immer die schicksten Anzüge, extra slim, und dazu ausschließlich Fliege.)

Bisher hatten wir das mit der Wissenschaftsspalte erfolgreich vor uns hergeschoben. Aber möglicherweise konnte ich dieses donnerstägliche Redaktionstreffen endlich dazu nutzen, um den guten Mann zufriedenzustellen, indem ich etwas über diese Lernfenster schrieb. Das hatte zwar nicht gerade etwas mit Radioaktivität zu tun, war aber auf jeden Fall besser als nichts.

Nur lenkte mich etwas – jemand – davon ab. Ausgerechnet Paula. Immer wieder hielt sie mir einen Papierfetzen vor das Gesicht und blockierte meine Sicht auf den Bildschirm.

»Mann, Paula, was soll das?«

»Lies doch endlich!«, rief sie und fuchtelte mit dem Papier direkt vor meiner Nase herum, als wollte sie, dass ich einmal kräftig reinschnäuze.

Paulas Stimme war anzuhören, dass sie nicht so schnell aufgeben würde. Wobei, eigentlich hat ihre Stimme immer diesen ganz besonderen Klang. Also schnappte ich mir das Blatt. Genau genommen waren es mehrere Blätter. Beziehungsweise eine komplette Schülerzeitung. Aber was für eine! Ihr wisst schon, so ein richtiges Ding zum Aufschlagen, mit einem Farbfoto auf dem Cover. Und noch mehr Fotos, noch viel mehr Fotos, drinnen.

»Wow«, machte ich. Es gab keinen Zweifel: Das war definitiv eine Schülerzeitung der Extraklasse.

Paula verzog das Gesicht. Sie nahm mir die Zeitung aus der Hand und hielt sie in die Luft, wie Frau Rosenthal es mit korrigierten Klassenarbeiten tut. Drohend. Unheil verkündend.

»Das«, sagte Paula mit Totengräberstimme, »ist die Schülerzeitung der Kästnerschule.«

Damit hatte sie nicht nur meine volle Aufmerksamkeit, auch der Rest der Redaktion starrte sie fassungslos an.

»Was?!«

»Im Ernst?«

»Das soll eine verdammte Grundschul-Schülerzeitung sein?!«

»Es reicht aus, *Grundschülerzeitung* zu sagen«, warf Chris

ein. »Damit vermeidest du die unschöne Dopplung des Wortstamms.«

Chris kann mit Formulierungen genauso kreativ wie kleinlich sein. Letzteres gilt übrigens auch für die richtige Zubereitung von Kaffee. Ungelogen, Chris schleppt zu jedem unserer Redaktionstreffen seine eigene Kaffeemaschine an, so ein großes, lautes Ungetüm, das noch richtige Filter braucht. Weil es in der Cafeteria angeblich nur Plörre gibt. Weshalb Chris sie Plörreria nennt.

Paula holte tief Luft, und dann legte sie los: »Wir müssen uns enorm anstrengen, wenn wir bei der *Goldenen Ente* auch nur den Hauch einer Chance haben wollen.«

Ich unterdrückte ein Stöhnen. Die *Goldene Ente*! Seit Wochen faselte Paula von nichts anderem. Sie hatte sich in den Kopf gesetzt, den nationalen Schülerzeitungswettbewerb zu gewinnen. Der erste Preis war eine komplette Ausrüstung für den Redaktionsraum. Den wir genau genommen zu diesem Zeitpunkt gar nicht hatten: denn die kreativen Köpfe hinter der WMNW arbeiteten im gleichen Raum, in dem die Leute vom Putzblitz ihre Arbeitsmaterialien lagern. Und *Arbeitsmaterialien* heißt in diesem Fall: triefende Putzlappen, Plastikeimer mit Trauerrand und hochgiftige Chemikalien zur Beseitigung von hartnäckigem Schülerschmutz. Aber musste Dr. Schmal nicht, wenn wir erst einmal die Ausrüstung gewonnen hätten, uns auch den passenden Raum dafür geben?! Doch mein Drang, eine Entenjagd zu meinem einzigen Lebensinhalt zu machen, hielt sich ziemlich in Grenzen. Vielleicht, weil ich Vegetarier bin.

Andererseits war Paulas Plan nicht so schlecht. Immerhin

hat sie unsere Zeitung vor dem sicheren Tod gerettet, die hinter vorgehaltener Hand schon WNWW genannt wurde: Was Niemand Wissen Will.

Am Tiefpunkt verkauften wir Redaktionsmitglieder jeder genau ein Exemplar: an unsere mitleidsvollen Eltern. Mit Ausnahme von Chris, denn seine Erziehungsberechtigten nahmen nicht einmal das. Als ehemalige Hochleistungssportler verstanden sie einfach nicht, dass ihr Sohn lieber über Sport schrieb, statt selbst welchen zu machen. (Ich schreibe extra nicht *treiben.*) »Wenn du unbedingt was mit deinen Fingern machen musst, dann versuch es doch mal mit Hakeln«, hatte seine Mutter ihm allen Ernstes geraten, als sie ihn mal wieder beim Tippen überraschte. »Das ist in Bayern ein beliebter Kraftsport!« Ich meine, hätte sie Chris bei etwas anderem erwischt – bei etwas, für das man seine Finger genauso braucht, zumindest die einer Hand –, hätte man ihre Reaktion *vielleicht* noch verstehen können.

Es war also nur eine Frage der Zeit gewesen, bis Dr. Schmal von unseren sinkenden Absatzzahlen Wind bekommen und den Druckkostenzuschuss einstellen würde. Aber Paula krempelte den Laden in allerletzter Sekunde um. Und zwar so richtig. Zuerst ernannte sie sich selbst zur Chefredakteurin. Fairerweise muss man sagen, dass wir anderen auf den Posten genauso scharf waren wie auf einen unangekündigten Vokabeltest.

Evi, unser Redaktionsurgestein, blätterte die *Grundschülerzeitung* durch, schien davon als Einzige aber nicht sonderlich beeindruckt.

»Leute, vergesst nicht die Kraft des positiven Denkens«,

sagte sie und richtete ihr türkisfarbenes Batiktuch, das sie wie ein Stirnband trug. Sie sah damit aus wie eine Schamanin. »Unsere Chancen stehen gar nicht so schlecht. Wir sind auch ziemlich professionell.«

»Professionell?!«, rief Chris und tat, als würde er seine gegelten Haare raufen. »Weißt du, was das Wort bedeutet? Dein Optimismus in Ehren, aber *professionell* ist ein Synonym für *fachmännisch*. Ist das etwa fachmännisch?«

Er deutete nach links und rechts, keine Ahnung, auf was. Wahrscheinlich auf die Utensilien des Putzblitz'.

Evi lächelte bloß.

»Wir haben Ressorts«, sagte sie. »Wie eine *richtige* Zeitung. Welche Schülerzeitung hat das schon?!«

Wir anderen sahen uns an. Paula konnte ein kleines Grinsen nicht unterdrücken, denn Evi hatte recht. Wir hatten Ressorts. Paula hatte jedem von uns eines zugeordnet, es war ihre erste Amtshandlung als Chefredakteurin gewesen. Und das war mehr als überfällig, denn früher war es vorgekommen, dass in einer Ausgabe fünf unterschiedliche Artikel über ein und dasselbe Schulbandkonzert standen – und sonst nichts. Vom Impressum einmal abgesehen. Und sogar das hatten wir eine Zeit lang doppelt drin: einmal vorne, einmal hinten. Passiert. Aber jetzt nicht mehr.

Seitdem ist die esoterische Evi für das Horoskop zuständig, das meist zu einem wahren Horrorskop wird, da Evi trotz – oder wegen – ihrer Sanftmütigkeit eine ausgeprägte Vorliebe für besonders blutige Metzelfilme hat. Genauso seltsam ist übrigens Evis felsenfeste Behauptung, dass ihre Landschildkröte Betty ihr das Horoskop jeden Monat einflüstert. Vielleicht hat sie zu viel Michael Ende gelesen. Daniel ist nicht nur für die Technik und das Layout zuständig, sondern denkt sich auch die Sudokus aus. In drei Schwierigkeitsgraden.

Der koffeinabhängige und – da ihm seine Eltern nichts anderes kaufen – ausschließlich Trainingsanzug tragende Chris schreibt wie gesagt vor allem über Sport, und Mai-Lin, die gefeierte Saxofonistin der Schulband, ist für Interviews aller Art zuständig. Ob es um den Hausmeister geht, Dr. Schmal höchstpersönlich oder das gegenwärtige Frischfleisch – alias die neuen Referendare. Apropos: Ist euch eigentlich schon mal aufgefallen, wie dankbar Referendare sind, wenn man sie in irgendetwas einbezieht? Das ist fast schon rührend. Mai-Lin meint, das hat damit zu tun, dass die ausgewachsenen Lehrer nicht besonders nett zu ihnen sind: Im Lehrerzimmer der Marie Curie muss das Frischfleisch zum Beispiel an einem wackeligen Tisch sitzen, ganz in der Ecke. Und wehe, einer von ihnen wagt es, eine fremde Kaffeetasse zu benutzen! Oder auch nur ein Stück Karton unter das zu kurze Tischbein zu schieben!

Mai-Lin war zwar erst seit Kurzem bei der WMNW, aber schon ein echter Vollprofi im Stellen nur scheinbar belangloser Fragen (»Was essen Sie am liebsten zum Frühstück?«). Dank ihr wissen wir zum Beispiel, dass die schwarzen Punkte auf Dr. Schmals Zahnfleisch von seiner Liebe zu Mohnbrötchen kommen – und kein Anzeichen für eine seltene Form von Skorbut sind.

Paula schreibt als Chefredakteurin natürlich das Vorwort, das sie aber Editorial nennt. Außerdem zeichnet sie wirklich großartige Cartoons – ihr Arien schmetternder Herr Klein ist zum Brüllen! Außerdem behält sie den Überblick. Das heißt, sie sorgt dafür, dass alle Artikel rechtzeitig bei Daniel landen, der zum Trüffelschwein wird, wenn es um das Aufspüren von Kommafehlern geht. Dafür braucht er nur seine randlose Brille aufzusetzen und schon geht es los.

Ich selbst bin für Reportagen zuständig und beschäftige mich mit allem, was so ansteht: zum Beispiel mit der Projektwoche, dem Vorlesewettbewerb und dem hundertjährigen Jubiläum unserer Schule, das bald mit großem Tamtam gefeiert werden sollte. Und großes Tamtam bedeutete in dem Fall: Zuerst würde es eine mit Zitaten garnierte Rede vom Rektor geben, gefolgt von ein paar wenigen Worten eines Schülervertreters, gefolgt von ein paar vielen Worten des Elternbeirats, bis als Höhepunkt literweise Kindersekt floss. Paulas Mutter, die an unserer Schule Kunstlehrerin ist, plante extra für diesen Anlass eine Ausstellung. Eine Woche später sollte es zudem einen richtigen Ball geben – wenn man eine Feierlichkeit, die zwischen Turnmatten und Bockspringböcken stattfindet, überhaupt Ball nennen kann. Chris sähe das mit Sicherheit anders.

»Ja, wir haben Ressorts«, nickte Paula, »aber was uns von der Konkurrenz wirklich abheben würde«, sie machte eine kleine Kunstpause, »wäre ein richtiger Fotograf.«

»Ein Fotograf?!«, fragten Chris und Daniel gleichzeitig. Ehrlich gesagt, ich war genauso skeptisch. Wir sechs waren ein Dream-Team, wozu brauchten wir noch einen Fotografen? Der schien überflüssig wie der mittlere Schulabschluss.

»Wir haben doch deine Cartoons«, erinnerte Chris unsere Chefredakteurin.

»Die sind nicht seriös genug«, erwiderte sie nur. Das war typisch Paula: immer kritisch, auch wenn es um sie selbst ging.

»Okay, aber warum dann gleich ein Fotograf? Wir haben unsere Handys, da hat jeder doch bestimmt tausend Fotos drauf.«

»Wovon 999 Selfies sind«, sagte Paula. Womit sie verdammt recht hatte.

»Denkt doch mal nach! Alle Schülerzeitungen arbeiten mit Handyfotos.«

Sie fuchtelte mit dem Exemplar der Kästnerschule in der Luft herum. »Selbst die Kleinen hier! Guckt euch das doch mal an. Ein richtiger Fotograf liefert andere Bilder! Eine neue Sicht auf die Dinge!«

Paula holte Luft. »Fest steht: Wir brauchen jemanden, der wirklich was draufhat. Gibt es nicht jemanden in der Foto-AG, den wir fragen könnten?«

»Die AG existiert seit drei Jahren nicht mehr«, murmelte ich, ein wenig beleidigt. Dass sie das nicht wusste! Immerhin hatte ich erst kürzlich über das große Arbeitsgemeinschaftssterben eine zu Tränen rührende Reportage geschrieben.

»Egal«, sagte Paula. »Wir werden schon jemanden finden!«

»Positives Denken, das gefällt mir!«, rief Evi.

Und plötzlich hatte ich tatsächlich eine Idee.

»Till.«

Dass ich nicht vorher auf ihn gekommen war! Andererseits war er eben verdammt zurückhaltend und unscheinbar. Wahrscheinlich war er mir auch jetzt nur eingefallen, weil er wegen der Lernfensterstory noch in den vordersten Windungen meines Hirns hing.

»Till könnte unser Fotograf sein!«

Evi klatschte begeistert in die Hände. »Seht ihr: Positive Thinking. Es funktioniert!«

Paula ging nicht darauf ein, sondern hob fragend die Augenbrauen.

»Till?«

Es war offensichtlich, dass sie keine Ahnung hatte, von wem ich sprach. Dabei ging Till – wie ich im Übrigen auch – in ihre Parallelklasse. Doch die Sache ist die: Jeder kennt Paula. Sie ist die Chefredakteurin der WMNW. Sie ist die Tochter der Kunst-Kiesel und des stadtbekannten Staranwalts. Sie hat diese beste Freundin, die auf fünf furchterregenden Sprachen gleichzeitig fluchen kann. Sie war die Einzige, die die Zehnte wiederholte. Sie war mit dem Typen der *Painted Walls* zusammen. Sie hatte sich vorletzten Sommer ihre Haare kurz geschnitten und rot gefärbt – mittlerweile waren ihre Haare aber wieder blond und ließen sich zu einem kleinen Zopf binden. Es gibt tausend Gründe, Paula zu kennen. Aber Paula interessierte sich eben nur für Leute, die mindestens so alt waren wie sie – von uns Schreiberlingen einmal abgesehen. Alles andere hatte sie auch gar nicht nötig.

»Welcher Till?«, fragte sie noch einmal.

»Der geht in unsere Klasse«, mischte Daniel sich ein, ohne von dem Blatt aufzusehen, auf das er hoch konzentriert Zahlen für ein Sudoku kritzelte. Paula wusste immer noch nicht, wen wir meinten; ihre Augenbrauen waren noch nicht an ihren üblichen Platz gesunken.

»Braune Haare. Eher dünn. Grüner Rucksack«, half ich nach.

»Der mit der Kamera?«, fragte Mai-Lin.

»Genau der.«

»Der ist total nett«, sagte Mai-Lin. »Er hat mir mal die Bustür aufgehalten, als ich draußen meine Tasche vergessen habe.« Sie machte eine kleine Pause. »Da fällt mir ein, hat jemand meinen Kuli gesehen? Eben hatte ich ihn noch.«

»Vergesslich und chaotisch«, fasste Evi zusammen und ließ ihre fünfundfünfzig Armreifen klappern. »Mai-Lin, ist dein Sternzeichen zufälligerweise Fische?«

»Ähm, ja. Warum?«

Statt eine Antwort zu geben, setzte Evi ihr unheimliches Nicht-von-dieser-Welt-Lächeln auf. Ihre hellblauen Augen wurden noch ein bisschen hellblauer, und ihr Blick verschwamm, als sei er in die Vergangenheit gerichtet, oder in die Zukunft, oder beides zusammen. Im Ernst, man kann Gänsehaut davon bekommen.

»Du meinst, dass dieser Till was vom Fotografieren versteht?«, nahm Paula den Faden wieder auf. Sie war die Einzige, die sich von Evis Gruselnummer nicht so schnell beeindrucken ließ.

Ich zuckte mit den Schultern.

»Fotos habe ich eigentlich noch keine gesehen. Aber zumindest schleppt er immer diese Uraltkamera mit sich rum.«

»Wie, uralt?«, fragte Paula.

»Na, die Kamera ist analog«, erklärte ich.

»Angeblich nimmt er das Ding sogar mit aufs Klo.«

»Und mit ins Bett.«

Daniel begann zu kichern, aber Paula ließ sich nicht ablenken. Ich kann mir genau vorstellen, was in ihr vorging: Eine analoge Kamera, das war ganz nach ihrem Geschmack! Die Fotos, die man damit schoss, waren definitiv etwas Besonderes. Nicht geschönt, nicht mit einem Retrofilter à la Instagram versehen. Wer analog fotografierte, musste sich auskennen. Paula hatte Till engagiert, ohne dass er etwas davon wusste.

»Wo ist er jetzt?«, fragte sie.

»Du meinst: In diesem Moment?«

Daniel und ich blickten uns ratlos an.

»Geht er in eure Klasse oder nicht?«

Klar tat er das! Aber wir konnten doch nicht von jedem wissen, wie sein persönliches Donnerstagnachmittagsprogramm aussah. Keine Ahnung, ob Till überhaupt eine unserer wenigen AGs gewählt hatte. Gut möglich, dass er schon zu Hause war. Es sich mit seiner Kamera im Bett gemütlich gemacht hatte.

Paula seufzte, schnappte sich ihr Handy und tippte eine einzige Taste. Ob ihr es glaubt oder nicht, sie hat die Nummer des Schulsekretariats im Kurzwahlprogramm eingespeichert. Wahrscheinlich gleich nach der Privatnummer von Dr. Schmal. Und der Durchwahl ins Weiße Haus.

»Wie heißt er mit Nachnamen?«, flüsterte sie.

»Sperling?«, überlegte ich, »Spatz?«

»Fink«, fiel Daniel ein.

Paula nickte und biss sich auf die Lippen. Das tut sie immer, wenn sie sich anstrengt. Im Redaktions-Schrägstrich-Putzraum war es mit einem Mal mucksmäuschenstill.

Ein paar Sekunden verstrichen. Dann legte Paula los.

»Guten Tag, hier ist Fink. Tut mir leid, dass ich störe, Sie sind sicher schwer beschäftigt mit den Vorbereitungen für das Jubiläum … Ja, das kann ich mir vorstellen … Die Sache ist die, mein Sohn Till … Tillmann, ja, genau, in die Zehnte. Also, er hat seinen Schlüssel vergessen … wem sagen Sie das? Na, auf jeden Fall müsste ich ihm den Schlüssel jetzt gleich bringen, weil später niemand mehr … Italienisch-AG? … Raum 503? … Alles klar, vielen Dank … wünsche ich Ihnen auch, auf Wiederhören.«

Paula schob das Handy in die Tasche und griff nach ihrem Mantel, ein grasgrünes Ding, das sich in die Netzhaut einbrennt. »Bin gleich wieder da«, sagte sie und war auch schon verschwunden. Mai-Lin, die unsere Paula noch nicht oft in Aktion erlebt hatte, sah ihr verdutzt hinterher.

»Wow. Geduld ist wohl nicht gerade ihre Stärke.«

»Nee«, sagte Chris und schüttelte den Kopf. »Ungeduld ist es.«

Evi nickte. »Typisch Zwilling.«

03

»Avanti, avanti!«

Das war Italienisch. So viel war klar. Nur hatte Paula keinen blassen Schimmer, ob sie die Worte mit »Kommen Sie doch bitte herein!« oder »Mach dich vom Acker!« übersetzen sollte. Aber Paula wäre nicht Paula, ließe sie sich davon abschrecken. Sie klopfte ein zweites Mal, dann drückte sie die Klinke herunter, öffnete die Tür und – traute ihren Augen kaum. Mitten im Klassenzimmer stand Frau Schneider, die von allen nur Signora Sarta genannt werden wollte, in einem Kleid, das mit bestem Willen nur als Dirndl bezeichnet werden konnte. Blau-weiß kariert, mit einer frisch gestärkten Schürze, die als Tischtuch für eine ganze Hochzeitsgesellschaft herhalten konnte. Auch das Dekolleté der Signora war enorm: die Brüste zusammengedrückt, dazwischen hing an einer silbernen Kette ein gekreuzigter Jesus und versuchte, sich zu verstecken. Paula, die nicht wusste, dass die Signora das Dirndl zu Ehren ihrer bayrischen Großmama trug, die an diesem Tag fünfundneunzig wurde, blieb die Spucke weg. Unbedingt musste sie Mai-Lin auf die Signora ansetzen! Das Outfit war ein doppelseitiges Interview wert, mindestens. Vielleicht konnte sie selbst einen Cartoon dazu zeichnen. Am besten für die nächste Ausgabe, die musste schließlich zur *Goldenen Ente* eingereicht werden.

Paula war so damit beschäftigt, sich die optischen Besonderheiten einzuprägen, dass sie glatt vergaß, den Grund für ihr Hereinplatzen zu nennen. Einen kurzen Moment wartete die Signora – dann ergoss sich ein erboßter italienischer Wortschwall über Paula. Die natürlich nichts kapierte. Aber das schien die Signora nicht weiter zu stören. Schließlich erbarmte sich Franziska aus der ersten Reihe.

»Scusi, Frau … ähm … Signora Sarta … Paula kann Sie nicht verstehen. Und wir übrigens auch nicht.« Und damit hatte sie recht, denn es handelte sich um den Sprachkurs für *principiantes*. Die Signora strich über ihre Schürze und atmete schwer aus.

»Was gibt es?«, fragte sie, ohne auch nur den Hauch eines Akzents.

»Ich müsste dringend mit einem Ihrer Schüler sprechen.«

»So? Mit wem denn?«

»Mit Till Vogel.« Lachen war zu hören. »Ähm … ich meine, Till Fink.«

Die Signora machte eine einladende Handbewegung. Offensichtlich ging sie davon aus, dass Paula ihr Anliegen vor der versammelten AG ausbreiten würde.

»Aber mach es kurz.«

»Versprochen«, sagte Paula. »Aber draußen. Es ist nämlich privat.«

»Oh, là, là!« Vor lauter Überraschung wechselte die Signora ins Französische.

Die Jungs in der hinteren Reihe begannen zu pfeifen.

Paula ließ sich davon nicht stören. Sie hielt Ausschau nach einem braunhaarigen, dünnen Typen mit grünem Rucksack und einer Fotokamera – aber dann erkannte sie Till an seinen tiefrot gefärbten Wangen. Offensichtlich war ihm das Ganze ziemlich peinlich, er machte keinerlei Anstalten aufzustehen.

Till kannte Paula. Natürlich. Hin und wieder hatte er im Vorbeigehen seine Leica auf ihren Mantelkragen gerichtet, auf ihren Nacken mit den goldenen Härchen. Doch das hatte – wie Till meinte – rein gar nichts zu bedeuten: Immerhin betrachtete er durch den Sucher auch Mias Sommersprossen, die fast unsichtbare Narbe auf Jos Handrücken, eingetrocknete Kaffeeflecken auf dem Lehrerpult und manchmal sogar merkwürdig geformte Hundekacke. Till war jemand, der genau hinschaute! Der genau hinschauen konnte, weil er hinter seiner Kamera verschwand. Aber jetzt hatte ihn jemand entdeckt. Paula. Noch nie hatte er mit ihr geredet, und vor allem: Noch nie hatte sie mit ihm geredet, von einem »Platz da!« auf dem Weg zur Bushaltestelle einmal abgesehen.

Je länger er wartete, desto lauter wurde das Grölen um ihn herum. Valentin, sein bester Kumpel, hielt sich schon die Ohren zu, er hatte panische Angst vor Tinnitus. Wie vor tausend anderen Krankheiten und Symptomen. Geradezu flehend sah unser Klassenhypochonder Till an.

»Steh schon auf«, zischte er.

Okay, dachte Till und stand auf. Langsam, wie in Zeitlupe. War es möglich, dass Paula ihn fragen wollte, ob er mit ihr zum Jubiläumsball ging?! Nein, natürlich nicht. Spinn nicht rum!, ermahnte er sich. Erstens war das hier keiner dieser Highschool-Filme, die sich seine kleine Schwester Anna immer reinzog. Zweitens hatte Paula einen Freund. Und drittens … drittens … auf dem Weg nach vorne stieß Baumann ihn in die Seite – bewundernd zwar, aber doch so fest, dass Till seinen letzten klaren Gedanken einfach so verlor.

»Du bist Till?«

Er nickte, ohne Paula anzusehen. Stattdessen blickte er über ihre Schulter hinweg, den Flur entlang. Der war genauso leer wie sein Kopf. Durch die geschlossene Tür konnte er hören, dass die Signora mit ihrem Unterricht weitermachte … *io sono, tu sei, lui è* … Wenigstens drückte sie nicht ihr fleischiges Ohr an das Türblatt, um zu lauschen. Auch das wäre ihr zuzutrauen gewesen.

»Und wo ist deine Kamera?«

Till machte eine diffuse Handbewegung in Richtung Klassenzimmer. Die Kamera war in ihrer Ledertasche und die Ledertasche war in seinem Rucksack.

»Sag mal, kannst du mit dem Ding auch umgehen?«

»Das Ding ist eine Leica M4.«

Paula runzelte die Stirn. Till räusperte sich. Auch er war ziemlich überrascht von seinem Ton. Da fiel ihm zuerst gar nichts ein und dann fuhr er sie einfach so an. Genial. Oder eher das genaue Gegenteil davon. Vor allem nicht so nett wie üblich.

»Umso besser«, sagte Paula, hatte jedoch keinen Schimmer, was das sein sollte. Eine Leica M4. Es war ihr auch ziemlich egal. Sie brauchte einen Fotografen. Dringend. Und dieser Till gefiel ihr auf den ersten Blick. Ohne dass sie sagen konnte, warum. Vielleicht war es dieser lustige Wirbel an der Stirn. Seine

Haare schienen zu machen, was sie wollten, und er kümmerte sich nicht darum. Der Typ hatte ein bisschen was von einem verrückten Professor. Oder vielmehr: vom Sohn eines verrückten Professors.

»Die Sache ist die: Wir wollen – *müssen* – Fotos in der WMNW haben.«

Till verlagerte sein Gewicht, sagte aber nichts. Er war jetzt vollends damit beschäftigt, Paula anzustarren. Den Flur kannte Till schließlich bestens, aber wann hatte jemand wie er schon mal die Möglichkeit, jemanden wie Paula in aller Ruhe anzugucken? Aus allernächster Nähe. Ihre Augen waren graugrün. Oder eher grüngrau. Sie sahen ihn abwartend an. Fragend. Hatte Paula ihn etwa etwas gefragt?

»Was?«, brachte Till heraus.

Paula seufzte. Der Typ schien schwer von Begriff.

»Wir brauchen Fotos in der WMNW und wir brauchen jemanden, der die Fotos schießt.«

Immer noch keine Reaktion. Also musste Paula noch deutlicher werden.

»Till, wir möchten dich in unserer Redaktion willkommen heißen.«

Das hatte förmlicher geklungen als beabsichtigt. Aber was machte dieser Idiot es ihr auch so schwer?! Stand stumm und reglos da, wie Evis Schildkröte im Winterschlaf.

»Die nächste Redaktionskonferenz ist morgen um vier. Bis dann.«

Paula nickte kurz, dann machte sie auf dem Absatz kehrt und ließ Till einfach so stehen. Erst vor der Treppe drehte sie sich noch einmal um, denn plötzlich war sie auf die Idee gekommen, Till ein lässiges *Ciao* zuzurufen. Aber da war er schon wieder in den Fängen der Signora, offenbar hatte er es gar nicht erwarten können, zu verschwinden. Paula, die kurz nicht darauf achtete, wohin sie lief, landete mit voller Wucht in den Armen von Dr. Schmal. Der daraufhin einen frisch kopierten Stapel Arbeitsblätter zum Thema *Physikalische Grundkräfte* losließ – das Papier verteilte sich über drei Stockwerke. Dass der kleine Zwischenfall ein wunderbares Beispiel für die Erdanziehung abgab, freute unseren Rektor jedoch kein bisschen.

04

Als Till sich wieder auf seinen Stuhl sinken ließ, raste sein Herz. Außerdem spürte er, dass sich die neugierigen Blicke seiner Mitschüler in seinen Rücken bohrten. Baumann drehte sich zu Till um, mit der Zungenspitze beulte er seine Wange aus und ließ die Zunge ein paarmal hin und her fahren. Nur Valentin nervte ihn nicht; er war damit beschäftigt, mit seinem Lineal einen verdächtigen Leberfleck auf dem Arm auszumessen. Angeblich sollte ein blasser Typ wie er stets den Überblick über seine Pigmente behalten. Doch kaum war er damit fertig, wollte auch er wissen, was Sache war.

»Ich soll bei der WMNW mitmachen«, flüsterte Till.

»Echt?« Valentin riss die Augen auf.

Till nickte bloß.

»Und? Was hast du gesagt?«

»Nichts.«

»Nichts?«

Till schüttelte den Kopf.

»Andere würden sich darum reißen«, sagte Valentin. »Angeblich muss man Textproben abliefern, bevor man auch nur eine Zeile schreiben darf.«

Till zuckte mit den Schultern.

»Ich soll Fotos machen«, sagte er, und das genügte als Erklärung. Valentin wusste, dass sein bester Kumpel … sagen wir … *komisch* war, wenn es ums Fotografieren ging. Und zwar komisch nicht im Sinne von witzig, sondern komisch im Sinne von höchst seltsam.

Und das sagte er ihm auch.

»Ich find dich komisch.«

Till antwortete nicht darauf. Und Valentin akzeptierte es. Genauso, wie Till kein Wort darüber verlor, dass Valentin in der ständigen Sorge lebte, an einer lebensbedrohlichen Krankheit zu leiden. Letzte Woche war es Nierenversagen gewesen. Davor eine Blutvergiftung. Und jetzt war eben mal wieder Hautkrebs an der Reihe.

An der Marie Curie gibt es eine Weisheit, die besagt, dass jede Freundschaft auf einer Art Deal basiert, einem unausgesprochenen Einverständnis: Du lässt mich deine Hausaufgaben abschreiben und ich schleppe dich dafür mit auf die angesagten Partys. Du bewunderst meine Haare/Klamotten/wohlgeformten Nasenlöcher/meinen elften und zwölften Zeh und ich nehme dich vor Baumanns fiesen Sprüchen in Schutz. Ich trage dir dein Schulzeug hinterher und du wäschst mir dafür die Haare nicht in der Kloschüssel. Keine Ahnung, ob das stimmt. Aber wenn, dann war der Deal von Till und Valentin ganz klar: Ich nerve dich nicht und du nervst mich nicht. Und bisher waren die beiden damit ziemlich gut durchgekommen.

Den restlichen Tag ließ Till die Kamera, wo sie war. Erst zu Hause, als er sich nach dem Abendessen in sein Zimmer zurückzog und sicher sein konnte, dass ihn niemand mehr stören würde, nahm er die Leica aus ihrer Tasche. Das Leder fühlte sich fest an, verlässlich, aber trotzdem ganz zart, weil es so oft berührt worden war. Till mochte auch den Geruch nach Tier, Wollpullover und Zigaretten. Er zog die Schreibtischschublade auf, in der das blaue Mikrofasertuch lag, und begann, die Kameralinse zu reinigen. Mit einem zweiten Stück Stoff machte er sich über das Gehäuse her, den schwarzen Kunststoff und den glänzenden Chrom. Es war Tills Ritual vor dem Schlafengehen, so wie seine kleine Schwester Anna in ihrem lila gestrichenen Zimmer gegenüber ein Glas Milch trank, seine Mutter sich von Urs die Füße massieren ließ, normale Menschen Schäfchen zählten und Valentin höchstwahrscheinlich seine verdammten Leberflecke. Manchmal fragte sich Till, was sein Vater in diesen Augenblicken wohl tat. Ob er am anderen Ende der Welt auch so ein Ritual hatte. Auf jeden Fall war er gerade nicht kurz vorm Zubettgehen. Auf die Zeitverschiebung war Verlass – im Gegensatz zu diesem Typen, der seine Mutter noch vor seiner Geburt hatte sitzen lassen. Wobei es in Australien drei Zeitzonen gab. Till hatte keine Ahnung, in welcher davon sich sein Vater befand.

Es gab noch etwas anderes, das Till gerne gewusst hätte: ob sein Vater die Leica genauso gepflegt hatte wie er. Bestimmt. Mittlerweile war sie richtig viel wert, ein Sammlerstück, hatte mal jemand auf der Straße zu Till gesagt. Obwohl eine Fotokamera eigentlich nicht mehr war als ein *Gebrauchsgegenstand*, um ein Lieblingswort von Urs zu benutzen. Ein Gebrauchsgegenstand. Was sollte das überhaupt sein und was war das Gegenteil davon? Etwas, das man nicht gebrauchte, weil es unbrauchbar war – wie die Tonfiguren, die Anna regelmäßig aus der Grundschule mit nach Hause brachte? Das waren definitiv Ungebrauchsgegenstände. Oder war das Gegenteil von einem Gebrauchsgegenstand etwas, das man nicht nur brauchte und gebrauchte, sondern sogar liebte? Ein Lieblingsstück?

Till verzog den Mund. Die Leica war all das. Geliebt, gebraucht und gleichzeitig verdammt unbrauchbar, obwohl die Technik tadellos funktionierte. Glaubte er zumindest.

Um auch die letzten Staubkörner zu entdecken, hielt Till die Kamera schräg in das Licht der Schreibtischlampe. Was Paula wohl gerade machte? Darüber hatte Till sich noch nie Gedanken gemacht und das aus gutem Grund: Wahrscheinlich hing sie am Handy, telefonierte mit ihrem Freund. Diesem Musiker aus der Zwölf. Oder sie hing sogar an seinem Hals, hatte sich dort festgesaugt. Baumann hatte mal behauptet, dass Paula gut küssen kann. Baumann, der in seinem Leben eines ganz bestimmt noch nie getan hatte: Paula geküsst. Der Idiot.

Till verstaute die Kamera in seinem Nachttisch und legte sich ins Bett. Aber einschlafen konnte er nicht, obwohl er sogar den Trick mit den Schafen versuchte. Denn zwischen die watteweichen Tierchen schob sich immer wieder ein Mensch in einem grünen Mantel. Ein Schäfer war es nicht.

05

Tatsache ist: Für den nächsten Tag war eigentlich keine Redaktionskonferenz geplant, die meisten Dinge hatten wir ja gerade erst geklärt. Außerdem war es Freitagnachmittag, wir befanden uns also schon mitten im Wochenende – zumindest psychisch. Aber wenn die Chefredakteurin per Handy eine Nachricht verschickt, die mit dem Wort *WICHTIG* anfängt und mit fünf Ausrufezeichen endet, sind wir natürlich pflichtbewusst am Start. Wir kamen zur Schule, triefnass, weil es zu regnen begonnen hatte. Evi ließ für unser Treffen sogar ihren Yogakurs ausfallen. Um Punkt vier quetschten wir uns in den Redaktionsraum, in dem es bald nach nassem Hund roch. Nur einer fehlte, obwohl er von Paula stolz angekündigt worden war: der Fotograf.

Chris schmiss wie immer erst einmal seine Kaffeemaschine an, und als klar war, dass hier so schnell weiter nichts passieren würde, packte Daniel sein Schachbrett aus. Mai-Lin machte sich über ihre Mathehausaufgaben her und ich sah ihr dabei zu. Unglaublich, wie schnell diese Frau kopfrechnen kann! Es wurde Viertel nach vier, es wurde halb fünf und niemand kam … langsam aber sicher bekam Paula schlechte Laune.

Das merkte man daran, dass sie ihren Skizzenblock aufgeschlagen hatte und zeichnete, aber jedes Blatt recht schnell herausriss und zu einer wütenden kleinen Kugel knüllte. Kein Wunder, immerhin hatte Paula nur für dieses Treffen Kupper, dem Hausmeister, eines der hoch begehrten Flipcharts abgeschwatzt und unter Schweißausbrüchen in unseren Raum bugsiert. Sie hatte sich sogar ein paar Themen einfallen lassen, die sie als Tagesordnungspunkte angeschrieben hatte: *Atomkraft, der Nahe Osten* und die *Trinkwassernot in Afrika.* Ich dachte, ich spinne! Lieber recherchiere ich über die Trockenheit unserer Cafeteria-Brötchen. Dabei kann man wenigstens nichts falsch machen. Neben all den Hausaufgaben und Klassenarbeiten soll ich mal eben die brennendsten Probleme unseres Erdballs einschätzen oder vielleicht sogar lösen?! Ich bin immer noch Schülerzeitungsredakteur – und nicht Bono! Offensichtlich wollte Paula, dass wir bei Till einen möglichst professionellen und anspruchsvollen Eindruck hinterließen. Nur, da waren wir leider die Falschen. Wer Professionalität und Anspruch suchte, musste bei unserem Hockeyteam mitmachen. Oder meinetwegen beim Schulchor. Geschlossenes Musikalitätsfenster hin oder her.

Bald hatte Chris seinen vierten Kaffee intus; seine Hände zitterten. Nur Evi war wie immer die Ruhe selbst. Sie war aus den Schuhen geschlüpft, kletterte auf den Tisch und stellte sich dort oben auf ein Bein – mit geschlossenen Augen. Allem Anschein nach wollte sie die verpasste Yogastunde nachholen. Chris stieß Daniel in die Seite und zog eine Grimasse. Ausgerechnet Chris, dem ein bisschen Yoga sicher gut bekommen wäre! So wie er immer unter Strom steht und versucht, hundert Dinge gleichzeitig zu machen. Von sich selbst behauptet er übrigens, das geborene Multitasking-Talent zu sein. Andere sagen, er habe einfach nur ADHS. Mit einer besonders fetten Portion H.

»Die Übung sorgt für inneres Gleichgewicht«, erklärte Evi, obwohl niemand danach gefragt hatte. »Sie heißt Vrikshasana. Der Baum.«

»Und ich dachte, das wäre der Flamingo«, sagte Mai-Lin unschuldig.

In Zeitlupe öffnete Evi ein einziges Auge und blickte sie an.

»*Das* ist auf jeden Fall der Zyklop«, flüsterte Chris, aber das Lachen blieb ihm im Hals stecken, denn Evi sah in dem Moment fast ein bisschen gefährlich aus. Und zwar auf die wahnsinnige Art. Nachdem Evi ein paarmal tief ein- und ausgeatmet hatte, sprang sie plötzlich vom Tisch. Ihr war etwas eingefallen. Oder, wie sie es nannte: Sie hatte eine Eingebung gehabt.

»Till kommt nicht«, sagte sie.

»Wie, kommt nicht?!«

»Er will nicht bei uns mitmachen!«

»Wie, will nicht mitmachen?!«

Paula blinzelte unter ihrem ganz gerade geschnittenen Pony ein paarmal, als müsse sie sich in einem fremden Raum orientieren. Manchmal ist unsere Chefredakteurin echt schwer von Begriff. Das fällt bei ihr besonders auf, weil sie sonst eine von den Schnellen ist.

»Als du ihn auf die WMNW angesprochen hast, was hat er da gesagt?«

Paula biss sich auf die Unterlippe, man konnte die klitzekleine Lücke zwischen ihren Schneidezähnen sehen.

»Eigentlich nichts.«

»Nichts?«

»Eigentlich habe ich die meiste Zeit geredet.«

Evi nickte selbstzufrieden und zog ihre Gesundheitsschuhe wieder an. In dem Moment blitzte draußen ein Sonnenstrahl durch die Wolken.

»Das ist ein Zeichen«, sagte Evi mit Blick in den sich lichtenden Himmel.

»Was für ein Zeichen?«, fragte Daniel.

»Wir sollen die Konferenz abblasen und den Rest des Nachmittags die Sonne genießen. Weil Till auf keinen Fall kommt.«

Paula starrte sie an.

»Warum sollte er denn nicht kommen?«

Jetzt riss sogar Daniel der Geduldsfaden. Er setzte seinen Schachmatt-Blick auf und sagte langsam und zum Mitschreiben: »Till. Will. Nicht. Bei. Uns. Mitmachen.« Sorgfältig räumte er seine Schachfiguren zurück in die Schachtel, zog seine Fleecejacke an und stand auf. Noch im Rausgehen maulte er, dass wir uns das Treffen echt hätten sparen können. Wir dampften alle ab, nur Paula blieb verdattert vor ihrem Flipchart zurück. So ganz hatte sie es immer noch nicht kapiert. Wenn man im Chor mitmachen wollte, musste man zum Vorsingen. Wenn man in der Theater-AG mitmachen wollte, musste man zum Vorspielen. Und Till schlug eine persönliche Einladung der Chefredakteurin tatsächlich einfach so aus?! Dann glaubte sie zu verstehen: Der Herr Fotograf wollte sich bitten lassen. Sich ein bisschen feiern lassen. Eine besonders gute Platzierung heraushandeln. Okay, dachte Paula, das konnte er haben. Immerhin ging es um die *Goldene Ente.*

06

Paula beschloss, Till einen Besuch abzustatten. Hartnäckig zu sein war immerhin eine ihrer leichtesten Übungen. Auch sollte es kein größeres Problem darstellen, Tills Adresse zu besorgen. Noch von der Schule aus rief sie Beachboy David an – der die zweifelhafte Ehre hatte, unser Klassensprecher zu sein – und bat ihn, auf der Klassenliste nachzusehen. Doch David stritt ab, eine solche Liste überhaupt zu besitzen. Beziehungsweise jemals von ihr gehört zu haben.

»Welche Liste?«

»Die Liste, die alle Klassensprecher bekommen.«

»Ich hab keine Liste bekommen. Echt nicht.«

In dem Moment schwor Paula sich hoch und heilig, nie mit dem Kiffen anzufangen.

»Doch. Hast du«, beharrte sie. »In der ersten Stunde nach den Ferien. War bestimmt wie bei uns auch Geografie. David, kannst du nicht mal in deinem Geo-Ordner gucken?«

»Ich hab keinen Geo-Ordner.«

Langsam winkelte Paula ihr rechtes Bein an und hob es in die Luft. Genau so, wie Evi es getan hatte, vielleicht half es ja wirklich. Ruhig bleiben, dachte sie, immer schön ruhig bleiben.

»Dann vielleicht im Atlas?«

»Yeah!«, rief David, wartete ein paar Sekunden, dann fragte er: »Weißt du zufällig auch, wo der ist?«

Paula lachte. Aber als es am anderen Ende still blieb, kapierte sie, dass die Frage ernst gemeint war. Immer noch auf einem Bein stehend, schloss sie die Augen und begann im gleichen Moment gefährlich zu schwanken. Yoga war nichts für sie. Ihre innere Ruhe musste sie woanders finden. Oder am besten gleich ganz darauf verzichten.

»Keine Ahnung, vielleicht ist der Atlas in deinem Regal?«

»Ich hab doch kein *Regal*!«

Er betonte das Wort so, als hätte Paula nach einer Schrankwand aus Eichenfurnier gefragt. Oder einer Wickelkommode mit integrierter Babybadewanne. Es spielte aber auch keine Rolle, denn Slow-Motion-David legte sein Handy zur Seite und machte sich auf die Suche. Dem Gekicher im Hintergrund nach suchte er in den Taschen von ein, nein … mindestens *zwei* weiblichen Wesen, die ihn offensichtlich gerade besuchten. In seinem Zimmer ohne Regal. Wahrscheinlich gab es da auch keinen Schrank und keinen Schreibtisch. Sondern nur ein riesiges Bett. Mit Bettwäsche aus diesem Stoff, der so glatt ist, dass man darauf abrutschen kann. Noch während sie wartete, begann Paula, einen Cartoon zu entwerfen.

Gefühlte drei Stunden später gab unser einstimmig gewählter Klassensprecher Paula die Adresse durch. Till wohnte nicht weit von der Schule, in der Nähe der Johanniskirche.

»Dann kann ich ja gleich bei ihm vorbeigehen«, freute sich Paula. Dann fiel ihr ein, dass Marvin heute Abend ein Konzert hatte, für das sie sich rechtzeitig fertig machen wollte.

»Planänderung.« Sie sprach mehr mit sich selbst als mit David, den das alles nicht weiter interessierte. »Ich fahr doch erst morgen früh zu unserem Andreas Gursky.«

»Ich dachte, du wolltest die Adresse von Till«, maulte David. »Diesen Andreas kenn ich nicht.«

»Hätte mich auch gewundert«, sagte Paula. »Ist ein weltbekannter Fotograf. Sag mal, hast du zufälligerweise auch Tills Telefonnummer?« Vielleicht war es doch besser, sie würde sich vorher ankündigen. Überraschungsbesuche waren immerhin nicht jedermanns Sache. Und so, wie sie ihn einschätzte, sicherlich nicht Tills. Sie durfte es sich nicht mit ihm verscherzen. Am anderen Ende der Leitung war Papierrascheln zu hören. Eine Ewigkeit verging, dann sagte David: »Hier steht nur eine Festnetznummer.«

Paula hatte den Stift schon wieder gezückt.

»Ich nehme, was ich kriegen kann.«

07

»Bin schon wach!«

Till schielte auf sein Handy, es war erst kurz nach zehn. Seine Mutter wurde immer dreister, jetzt klopfte sie ihn schon eine halbe Stunde früher als sonst aus dem Bett. An einem Samstag! Aber das war eben ihre Vorstellung einer glücklichen Patchworkfamilie: Am Wochenende wurde zusammen gefrühstückt. Am liebevoll mit sonnengelben Platzdeckchen verzierten Tisch. Wahrscheinlich hatte seine Mutter das aus irgendeiner Werbung für fettreduzierte Margarine. Anna spielte immer mit, jedenfalls saß sie schon brav am Tisch, aß ein Aufbackbrötchen nach dem anderen und strahlte mit Urs um die Wette.

Till rollte auf die Seite. Das Klopfen wollte einfach nicht aufhören.

»Ich bin wach!«, rief er noch mal. »Komme gleich!«

Aber das herbeigesehnte Geräusch – sich langsam entfernende Schritte – blieb aus. Stattdessen drückte seine Mutter die Klinke herunter und steckte ihren Kopf zur Tür herein.

»Zieh dir aber bitte was Richtiges an«, sagte sie und ließ ihren Blick durch das Zimmer schweifen.

»Hä?!«

Till dachte, seine Mutter wollte ihn verarschen. Schließlich war er in dieser Familie der Einzige, der sich zum Frühstück immer etwas *Richtiges* anzog! Und er war auch derjenige, der am meisten darunter litt, dass die anderen ein Faible für Freikörperkultur hatten. Urs' blasse Wampe, die sich sehr zu Tills Leidwesen nicht nur morgens, sondern auch abends gern unter seinem halb geöffneten Bademantel ausbreitete, hatte ihm schon so manches Mal den Appetit verdorben. Vanillepudding bekam er zum Beispiel nicht mehr runter. Von Wiener Würstchen ganz zu schweigen.

Auf dem Boden hatte Tills Mutter diverse getragene Boxershorts entdeckt. Sie bückte sich, um sie aufzuheben.

»Mama, was soll das?! Ich kann das selbst –«

Tills Mutter hielt in ihrer Bewegung inne und warf ihm einen vielsagenden Blick zu.

»Eben hat sich deine Freundin zum Frühstück angekündigt.«

»Meine – was?!«

»Deine Freundin. Pauline. Ach, Till, ich freu mich so, dass du endlich –«

Aber Till hörte nicht zu. Er dachte an einen schlechten Scherz. Seine Mutter hatte aber auch wirklich einen merkwürdigen Humor. Sie lachte über alte Damen mit lila Haaren. Über längst ausgestorbene Ostfriesenwitze. Über YouTube-Videos, in denen viel zu große Katzen in viel zu kleine Kisten kletterten. Außerdem war sie extrem schadenfroh. Der Sonntag, an dem Urs sich bei einem Ausflug ins Umland in einen Kuhfladen gesetzt hatte? Ihr vorläufiges Highlight des Jahres! Aber dass sie sich jetzt auch noch darüber lustig machte, dass Till bisher noch keine Freundin präsentiert hatte, war echt nicht zu fassen! Pauline. Er kannte gar keine Pauline.

Da schoss ihm eine Vermutung durch den Kopf. Eine, die ihn völlig durcheinanderbrachte.

»Meinst du vielleicht Paula?«

Seine Mutter, die mit dem erbeuteten Wäscheberg unter dem Arm gerade aus dem Zimmer gehen wollte, blieb stehen.

»Paula.« Sie runzelte die Stirn. »Kann auch sein. Aber der Name spielt ja keine Rolle. Ich hätte auch nichts gegen eine Schwiegertochter, die Hildegard heißt. Weißt du, ich bin nicht so anspruchsvoll.«

Tills Mutter lachte einmal trocken – Hildegard war der Name ihrer Mutter, die sie nicht besonders gut leiden konnte –, dann ließ sie ihn endlich allein.

Till sprang aus dem Bett und schaltete in den Turbo-Modus. Jetzt musste es schnell gehen. Zuerst brauchte er was zum Anziehen. Er schlüpfte in eine Jeans und fand hinter der Zimmerpalme das graue T-Shirt mit dem Ghettoblaster vorne drauf. Es roch noch okay, auch unter den Achseln, also zog er es sich über den Kopf, stellte sich vor den Spiegel, wuschelte sich durch die Haare, die sofort in ihre Ausgangslage zurücksprangen. Dann machte er sein Bett. Vergeblich versuchte er, Luke Skywalkers Gesicht auf dem Kopfkissen zu glätten, aber es blieb so faltig wie das von Yoda. Egal. Außerdem musste Till das Positive sehen: Die *Star Wars*-Bettwäsche war nur seine drittpeinlichste. Es hätte auch *Spongebob* von der Decke grinsen können. Oder *Prinzessin Lillifee.* Ja, manchmal landete tatsächlich Annas Bettwäsche in seinem Zimmer. Ehrlich gesagt störte es Till nicht sehr – der rosafarbene Bezug war besonders weich und gemütlich.

Till vergewisserte sich, dass seine Mutter auch wirklich alle schmutzigen Boxershorts entdeckt und mitgenommen hatte. Hatte sie. Aber trotzdem war Till mit dem Anblick, den sein Zimmer bot, ziemlich unzufrieden. Es war nicht nur unordentlich, es war auch langweilig und nichtssagend. Damit keine Missverständnisse aufkommen: Till war nicht hinter Paula her. Aber sie gehörte zu den Leuten, bei denen man einen möglichst guten Eindruck hinterlassen will. Vorsichtshalber. Es galt zum Beispiel unbedingt zu vermeiden, dass sie sein Zimmer zum Schauplatz ihres nächstes Cartoons machte: *Aus dem Leben eines Losers, die neue Serie.*

Till fragte sich, was Paula überhaupt von ihm wusste. Oder was sie glaubte, von ihm zu wissen. Bis vor Kurzem hätte Till geschworen, dass sie nicht einmal wusste, dass es ihn gab. Auf jeden Fall hielt sie ihn für einen Fotografen! In gewisser Weise war er das ja auch. Wobei: Mal angenommen, ein Bäcker rührt den ganzen Tag die leckersten Teige, Marmorkuchen, Apfelkuchen, das volle Programm, stellt aber nie eine Form in den Ofen. Ist das dann überhaupt ein Bäcker? Und mal angenommen, ein Typ rennt den ganzen Tag mit einer Leica durch die Gegend, verknipst einen Film nach dem anderen, lässt aber nie einen Film entwickeln. Nie. Nicht einen einzigen. Stattdessen sammelt er die Filmdosen, mittlerweile genau fünfzig Stück, in einem alten Lederkoffer im Keller. So ein Typ war doch kein Fotograf!

Zumindest Paula hielt Till aber für einen Fotografen der

Extraklasse, sonst wäre er kaum ihrer heiß geliebten WMNW würdig. Bei dem Gedanken musste Till lachen, aber es war ein nervöses, viel zu hohes Lachen, er klang wie seine kleine Schwester. Woher sollte Paula auch wissen, dass er vom Fotografieren nicht die geringste Ahnung hatte? Auf das Knöpfchen drücken konnte jeder!

Zum ersten Mal nahm Till sein Zimmer mit fremden Augen wahr. Vielleicht hätte er doch eine Wand farbig streichen sollen, wie seine Mutter ihm geraten hatte. So weiß, wie die Wände waren, wirkte das ganze Zimmer einfach nur blass und kahl. Abgesehen von den zwei Filmplakaten, *Drive* und *Gravity.* Das war mit Abstand das Beste an Urs: sein Job beim Filmverleih. Zu Tills achtem Geburtstag hatte er ihm einen lebensgroßen *Spiderman* aus Pappe geschenkt, der mittlerweile im Keller vor sich hin schimmelte. Aber damals hatte Till sich aufrichtig gefreut, auch wenn er *Spiderman* heimlich Ursman nannte und Dartpfeile nach ihm geworfen hatte. Einmal hatte er Ursman genau zwischen die Augen getroffen.

Aber nicht mal ein Superheld konnte Till jetzt weiterhelfen. Eigentlich müsste mitten durch sein Zimmer eine Kordel laufen, an der frische Abzüge hingen. Außerdem sollte in der Lampenfassung eine rote Glühbirne stecken, dunkelkammertauglich … Das war auf die Schnelle alles nicht machbar. Aber Till konnte wenigstens seine Leica unter dem Bett hervorholen, er legte sie auf sein Kopfkissen. Ausgepackt, damit es so aussah, als hätte er eben noch ein bisschen damit *gearbeitet.* Den Sonnenaufgang fotografiert. Die Tauben auf dem Dach. Die Satellitenschüsseln. Sein einziges Brusthaar. Ganz egal.

Im Zimmer nebenan ging die Tür auf und wieder zu. Es folgten schwere Schritte. Urs hatte sich also auf den Weg unter die Dusche gemacht. Das brachte Till auf eine Idee. Auf Zehenspitzen trat er in den Flur, sah gerade noch Urs' nackten Hintern im Bad verschwinden.

Eigentlich hatte Till das Schlafzimmer von seiner Mutter und Urs – der Till mit fünfzig Euro dazu gekriegt hatte, auf das Wörtchen »Abschnitts« zwischen »Lebens« und »Gefährte« zu verzichten – zu seiner ganz persönlichen No-go-Area erklärt. Tills größte Sorge war, dort zufälligerweise über Dinge zu stolpern, die er nicht sehen wollte: Dinge, die auf ein Sexualleben jener Erwachsenen hinwiesen, mit denen er zusammenlebte. Vor Jahren hatte Till versehentlich einen weinroten Slip entdeckt, aus löchrigem Stoff – wie das obere Ende einer Fliegenklatsche –, das hatte ihm gereicht.

Zielstrebig ging Till zum Schrank. Darin, unter den dicken Pullovern, stand die weiße Ikea-Kiste, auf die seine Mutter doch tatsächlich »Privat« geschrieben hatte. Damit man auch ja wusste, wo es sich lohnte zu stöbern! Es hätte genauso gut »Bitte öffnen!« darauf stehen können oder »Von allgemeinem Interesse«.

Till hob den Deckel an, nahm das Fotoalbum heraus und schlich zurück in sein Zimmer. Er drapierte das Album auf seinem Schreibtisch, ging dann einige Schritte zurück und betrachtete sein Werk einigermaßen zufrieden. Da klingelte es.

»Guten Morgen!«, rief Paula, streckte beide Arme aus und drückte Till an sich, als habe sie nie etwas anderes gemacht. Aus dem Augenwinkel konnte er sehen, wie seine Mutter strahlte. Auch Anna konnte er sehen, die im gepunkteten Schlafanzug hinter ihr stand. Dann tauchte Till ein in Paulas Duft, eine Mischung aus Ananas und Filzstift. Für einen wunderbaren Moment verschwand er in einer Welt, in der es keine nervigen Verwandten gab. Sondern nur gut duftende Mädchen, die nicht nur wussten, dass man existierte, sondern die einen sogar noch umarmten.

»In der Küche gibt's warme Brötchen und Schokohörnchen«, lockte Tills Mutter mit einer Stimme, die ihn an die Hexe aus *Hänsel und Gretel* denken ließ. Till konnte ihr geradezu ansehen, wie neugierig sie war. Knusper, knusper, Knäuschen, welch' fremdes Mädchen kommt da in mein Häuschen? Ohne zu zögern, schnappte er Paula am Ärmel ihres Mantels und zog sie in sein Zimmer. Was auch immer sie mit ihm besprechen wollte, sie musste es auf jeden Fall außerhalb der Reichweite der Mutterohren tun. Außerdem konnte jeden Moment ein halb nackter Urs auftauchen.

»Vielleicht später, Frau Fink«, konnte Paula gerade noch über ihre Schulter rufen, dann verschwanden sie in Tills Zimmer.

Dort angekommen, ließ er sie sofort los. Paula lachte auf.

»Hast du dich verbrannt?«, fragte sie und tat so, als suche sie auf ihrem Ärmel nach angeschmorten Stellen. Till verschränkte die Arme vor der Brust, aber Paula lächelte weiter. Dabei entblößte sie ihre großen Schneidezähne und Till fragte sich, ob sie jemals eine feste Spange getragen hatte. Bestimmt nicht, wahrscheinlich waren sich die Kieferorthopäden Frankfurts einig, dass in Paulas Mund alles auf den Millimeter genau angeordnet war. Die kleine Lücke machte es nur perfekt.

In aller Ruhe sah sie sich in Tills Zimmer um. Toll, dachte er, die zweite Inspektion an einem Morgen. Ihr Blick blieb an dem Album hängen; eigentlich genau nach Plan. Doch Till bemerkte erst jetzt, wie alt es war, solche Dinger gab es doch schon seit Ewigkeiten nicht mehr zu kaufen! Außerdem war der Einband eingerissen. Besorgt sah Till zu Paula. Aber die grinste bloß.

»Du ziehst das Retro-Ding echt voll durch, was?«, fragte sie. »Hast du das Fotoalbum vom Schaumainkai?«

»Woher?«

»Na, vom Flohmarkt.«

Geistesgegenwärtig nickte Till.

»Ach so, ja, Flohmarkt. Klar.«

Seine Kehle war trocken. Er schnappte sich die Limoflasche, die auf seinem Schreibtisch stand, und trank einen großen Schluck. Als er absetzte, machten seine Lippen dieses ultralaute Schmatzgeräusch. Genial. Wahrscheinlich würde er gleich rülpsen.

»Darf ich?«, fragte Paula und streckte die Hand aus. Sie trank die Flasche in einem Zug leer, ohne Till dabei aus den Augen zu lassen. Dann strich sie sich mit dem Handrücken über den Mund.

»Hör zu«, begann Paula. »Die WMNW braucht dich wirklich. *Ich* brauche dich.« Sie machte eine kleine Kunstpause und zog aus einer Baumwolltasche, auf der *Trag mich ich mag dich* stand, die letzten Ausgaben. Nur die Zeitung, bei der sich ein Fehler auf das Cover geschmuggelt hatte (»Großes Spottfest«), hatte sie nicht dabei. Gewissenhaft breitete sie die Zeitungen vor Till auf dem Dielenboden aus. Dabei kannte er sowieso jede einzelne. Denn wie mittlerweile fast alle unserer Schule las er die WMNW regelmäßig, und wie jeder stürzte er sich zuerst auf Paulas Cartoon auf der letzten Seite, gleich nachdem er ihre Zeichnung auf dem Cover bewundert hatte. Auch jetzt fiel es ihm schwer, ein Grinsen zu unterdrücken, als er auf einem Titel Paulas Version von Dr. Schmal sah, der mit einem Bunsenbrenner seine Krawatte in Brand gesetzt hatte. *Warum unser Rektor nur Fliegen trägt,* stand darunter. Ohne Zweifel verkaufte sich die WMNW nur so gut, weil Paula sich so witzige Titel einfallen ließ.

»Vorschlag«, begann Paula. »Probier es doch wenigstens einmal aus. Ein, zwei Ausgaben lang. Und wenn du dann feststellst, dass wir deiner Künste nicht würdig sind, dass wir nichts als elende Stümper sind, steigst du eben wieder aus.«

Das war gut geplant, denn es deckte genau den Zeitraum der *Goldenen Ente* ab! Danach könnte Paula in aller Ruhe nach einem Ersatz Ausschau halten. Nach jemandem ohne Starallüren. Denn Paula war sich mittlerweile sicher: Tills Zurückhaltung, sein verdammtes Zögern war nichts als Taktik. Natürlich wollte er möglichst viel bei der Sache herausholen und sicherstellen, dass seine Fotos auch einen angemessenen Platz bekamen. Als Till immer noch nicht reagierte, atmete Paula tief aus. Dann gab sie sich – zumindest ihrer Meinung nach – geschlagen. Dieser Tillmann Fink war aber auch wirklich eine harte Nuss; er verhandelte, ohne ein Wort zu sagen!

»Okay. Einverstanden«, sagte sie und bot ihm alles, was wir zu bieten hatten: »Du kannst die Titelseite haben.«

08

»Du verdammte Göre! Hier ist rechts vor links!«

Scheiß Autofahrer. Paula zeigte dem Typen im Volvo ihren rechten Mittelfinger. Dann trat sie noch fester in die Pedale. Radelte über die Friedberger Landstraße – die weder friedlich noch ländlich ist – davon und versuchte zu begreifen, was eben passiert war. Sie, Paula Josefina Kiesel, hatte einen Korb bekommen. Von einem Kerl, der hieß wie ein bescheuerter Piepmatz.

Zwar hatte sie ihn nicht um ein Date gebeten, das wäre ja noch schöner! Es handelte sich vielmehr um eine berufliche Sache. Eine rein berufliche Ablehnung. Trotzdem hatte die Enttäuschung Paula mit aller Wucht gepackt, als Till auf ihr unglaublich großzügiges Angebot »Kein Interesse« gesagt hatte und »Veröffentlichen ist einfach nicht mein Ding«.

Das war deutlich gewesen. Wie zeitverzögert waren die Worte in Paulas Hirn gesickert. Als sie den Kloß in ihrer Kehle wachsen spürte, hatte sie in null Komma nichts die Zeitungen zusammengerafft und Till einfach so stehen lassen. Hauptsache, er hatte das Glitzern in ihren Augen nicht bemerkt. Sie ließ den Lenker los und wischte sich über das Gesicht. Und wäre beinahe zum zweiten Mal überfahren worden. Von einer Oma im Rollstuhl.

Paula versuchte zu begreifen, warum sie heulte. Nicht, weil Till ihr Angebot ausgeschlagen hatte. So viel stand fest. Wahrscheinlich weinte sie vor Wut auf sich selbst. Dafür gab es gleich mehrere Gründe: Sie war wütend, weil sie das scheiß Auto übersehen hatte. Und die scheiß Oma. Und sie war wütend, weil Marvin nicht mit ihr in den neuen Ryan-Gosling-Film wollte, obwohl sie ihm zuliebe diesen bescheuerten *Superman* geguckt hatte. »Kein Interesse«, genau das waren auch Marvins Worte gewesen. Wahrscheinlich regte Paula sich deshalb jetzt so auf, bei Marvin hatte sie sich noch zusammengerissen. Außerdem war sie wütend, weil er gestern nach dem Konzert die ganze Zeit nur bei seinen Kumpels rumgestanden hatte. Er hatte es kein bisschen gewürdigt, dass Paula sich den Ausweis ihrer Cousine geliehen hatte, um überhaupt in den Club gelassen zu werden. Außerdem hatte Paula sich einen dunkelgrünen Schatten auf die Augenlider getupft. Sich dreimal umgezogen. So viel Aufwand, nur um von ihrem Freund ignoriert zu werden. Während Robbi, der aktuelle Bassist der *Painted Walls*, seiner neuen Flamme – einem Typen mit Dreadlocks – von der Bühne aus eine Kusshand nach der anderen zugeworfen hatte. Robbi war auch der Einzige, der Paula und ihrer besten Freundin Marija was zu trinken besorgt hatte. Während Marvin sein neues Smartphone auspackte, um die Kamera zu testen. Aber er hatte nur die Band fotografiert, immer nur sich und die Band. Auf der Toilette hatte Marija gehört, wie die Mädchen am Waschbecken über Marvin sprachen. Darüber, dass er angeblich Single war und einen süßen Arsch hatte. Er *ist* ein Arsch, hatte Marija zu ihnen gesagt, und außerdem hat er Pickel am Rücken. Schlagartig wurde Paula klar, dass sie vor allem wütend war, weil sie all das mit sich machen ließ. Marija würde nicht so brav mitspielen. Und eigentlich passte es auch nicht zu ihr selbst! Manchmal befürchtete Paula, es sei ihr nur aus einem Grund so wichtig, ihre eigene Karriere voranzutreiben: Denn während Marvin in schummerigen Clubs stundenlang Soundchecks machte und auf Publikum wartete, würde Paula längst für eine landesweite Tageszeitung arbeiten. Und vielleicht, ganz vielleicht, eine Rezension über das erste Album der *Painted Walls* schreiben. Wenn er sie ganz lieb darum bat. Auf jeden Fall würde sie die *Goldene Ente* in den Händen halten, lange bevor er die erste Goldene Schallplatte an seine Wand hängte. Wovon Marvin allen Ernstes schon faselte.

Dann wiederum konnte er ganz süß sein. Wenn sie allein waren, wenn sein Stimme nur für sie da war, ganz zart wurde. Wenn er sie lange streichelte, an genau den richtigen Stellen, wenn er ihr Geheimnisse ins Ohr flüsterte, ihr nachts das gute Kissen gab. Wennwennwenn.

09

– *die partys bei david sind legendär. du* musst *kommen*

Till wunderte sich über seinen besten Kumpel. Aus Angst davor, es zu übertreiben und von irgendeinem unfähigen Assistenzarzt den Magen ausgepumpt zu bekommen, nuckelte Valentin meist den ganzen Abend an nur einer einzigen Flasche – und deren Inhalt war in der Regel alkoholfrei. Ingwerlimonade stand auf seiner Liste ganz oben. Und jetzt schrieb Valentin, man dürfe diese Party auf keinen Fall verpassen? Till müsse unbedingt kommen?

– *warum?*

Die Antwort folgte prompt.

– *weil davids eltern angeblich ein wasserbett haben*
– *?!*
– *alte bauernregel: ist das bett gefüllt mit wasser, werden die nächte umso krasser*
– *red keinen scheiß*
– *ok. ich gebs zu. du musst mit, weil ich alleine schiss habe*

Till hatte noch nicht geantwortet, da lieferte Valentin schon die Erklärung.

- *ich brauch zb einen vorkoster*
- *einen was?*
- *meinst du, ich ess, was david serviert, wenn du es nicht vorher probiert hast?!*
- *letztes mal gab es eine* ganz bestimmte *sorte brownies … die sorte, die flügel verleiht … falls du weißt, wovon ich spreche …*
- *sogar meine kleine schwester weiß, wovon du sprichst*
- *auf jeden fall stand vor dem teller mit den brownies kein schild mit einem entsprechenden warnhinweis!*
- *?!*
- *mann, wenn meine eltern gäste einladen und ein buffet machen, schreiben sie kleine schildchen:* vegetarisch, vegan, laktosefrei …
- *ist bei deinen eltern nicht* alles *laktosefrei?*
- *sehr witzig. denk dir an dieser stelle einen smiley, der sich vor lachen auf dem boden rollt. ich hol dich um elf ab. ok?*

Till überlegte. Er war nicht besonders gut drauf. Seit Paulas Besuch heute früh quälte ihn das ungute Gefühl, eine Chance vertan zu haben. Aber eine Chance worauf? Paula fand ihn jetzt bescheuert, klar. Die wollte nichts mehr mit ihm zu tun haben, auch klar. Wie sie geguckt hatte! Konnte das Enttäuschung gewesen sein? Aber mal im Ernst: Was hätte Till ihr anderes antworten sollen? »Super, ich bring einfach mal ein paar Fotos mit. Vielleicht ist ja was Passendes dabei«? Und noch dazu für die Titelseite?! Unmöglich. Erstens wusste er nicht, ob seine Fotos überhaupt etwas taugten. Und zweitens war da der Pakt, der Till mittlerweile selbst etwas albern vorkam. Manchmal zumindest. Denn zu einem Pakt gehören mindestens zwei. Aber er hatte den Pakt ganz allein geschlossen, nach seinem letzten Geburtstag, an dem er wieder einmal nichts von seinem Vater gehört hatte. *Same procedure as every year.* Till hatte nicht schlafen können und war irgendwann mitten in der Nacht in den Keller gegangen. Keine Ahnung, was er da suchte. Wahrscheinlich irgendeinen Ersatz. Irgendetwas, das ihn hinwegtrösten würde über den nicht erhaltenen Anruf, die nicht erhaltene Karte, die nicht erhaltene Mail. Till hatte *Ursman* an den Eiern gepackt, zur Seite geschoben und in die Schubladen des alten Küchenschranks geguckt. Zwischen leeren Einmachgläsern hatte er diese Ledertasche entdeckt, die irgendwie männlich roch. Darin wartete, völlig unverhofft, die Leica auf ihn.

Till war überzeugt, dass das alte Ding seinem Vater gehörte oder vielmehr gehört hatte. So hatte er den Rest der Nacht damit verbracht, durch die Linse zu gucken, durch die der große Unbekannte vor etwa fünfzehn Jahren geblickt hatte. Um die Welt so zu sehen, wie er sie gesehen hatte. Um vielleicht zu begreifen.

Den ersten Film hatte Till gleich am nächsten Tag in einem kleinen Fotoladen auf der Berger Straße gekauft. Als die Frau hinter der Theke – sie war bestimmt schon siebzig und hatte raspelkurzes silbernes Haar – seine Leica bemerkte, hatte sie Till zu sich gewinkt und ihm einen Espresso angeboten. Es war der erste Espresso seines Lebens und er schmeckte grauenhaft. Als Till nach dem Zuckerschälchen greifen wollte, um eine trinkbare Flüssigkeit daraus zu machen, hatte die Frau den Kopf geschüttelt. Sonst war sie aber ausgesprochen nett. Sie half Till in aller Ruhe mit den Batterien und zeigte ihm auch, wie man einen Film einlegte. Dafür ließ sie einen anderen Kunden so lange warten, bis er die Geduld verlor und einfach abhaute.

Till mochte jeden einzelnen Handgriff, der zu tun war. Man brauchte Fingerspitzengefühl dafür, so umständlich war es, beinahe eine Art Zeremonie.

Die Fotofrau erklärte Till auch, wie man den kleinen Hebel an dem Auslöseknopf nach vorne schob, um den Film zu transportieren. Ein paar Mal machte sie es vor – wahrscheinlich öfter, als es eigentlich nötig gewesen wäre.

Als Till schließlich zum ersten Mal außerhalb des Ladens auf den Auslöser drückte, fühlte er sich feierlich und auf merkwürdige Weise aufgekratzt. Vor der Linse hatte er das Café gegenüber. Direkt am Fenster saß ein Mann mit seinem kleinen Sohn, und wenn Till richtig sah, teilten sie sich ein Stück Schokoladenkuchen. In dem Moment beschloss Till, erst dann einen Film entwickeln zu lassen, wenn sein eigener Vater ihm zum Geburtstag gratuliert hätte – und wenn er bis zu seinem fünfzigsten würde warten müssen!

Das war der Pakt. Und bald schlich sich ein passender Aberglaube hinzu: Denn falls Till den Pakt brach, konnte es sein, dass er seinen Vater nicht mehr lebendig zu Gesicht bekam. Till wusste zwar, dass das Schwachsinn war – aber er konnte nicht anders. So waren zu dem ersten unentwickelten Film im Laufe der Zeit jede Menge weitere hinzugekommen. Till hatte einfach nicht aufhören können zu fotografieren. Vor allem das leise, beinahe zurückhaltende Geräusch des Auslösers mochte er.

- *hallo, noch da?*
- *ja, sorry*
- *also, kommst du mit?*

Etwas Abwechslung würde Till guttun. Und ein Fernsehabend mit seiner Mutter und Urs war nicht gerade das, was er unter Abwechslung verstand. Folter traf es eher.

- *ok*
- *yeah! zu deiner information: ich geh jetzt offline. handy ist auch aus*
- *?!*

So kompliziert er auch war: Till brauchte echt nicht viele Tasten, um mit seinem besten Kumpel zu kommunizieren. Zwei Sonderzeichen genügten völlig.

- *kleine sicherheitsvorkehrung, damit du es dir nicht anders überlegst. und natürlich ein strahlenschutz*

10

Im Treppenhaus hing ein Bitte-haben-Sie-Verständnis-dafür-wenn-es-etwas-lauter-wird-aber-ich-habe-heute-Geburtstag-Zettel.

»Ich hoffe, die Nachbarn zählen nicht mit«, sagte Valentin und deutete auf das Blatt, auf dem oben in Neongelb *Happy Birthday to me* stand. »Wenn es danach ginge, müsste David mittlerweile weit über dreißig sein.«

Es war genau so, wie Till es sich vorgestellt hatte: voll und laut. Sowohl die Wohnung als auch die Partygäste. Da half nur, sich so schnell wie möglich anzupassen. Während Till sich einen Weg in die Küche bahnte, immer darauf achtend, mit der Kameratasche nirgendwo hängen zu bleiben, ging Valentin ins Badezimmer, um sich erst mal die elenden Großstadtkeime von den Händen zu waschen.

Es waren wirklich alle da. Auf den ersten Quadratmetern hatte Till bereits Eleni, Baumann und Henning entdeckt, mit dessen Haarpracht schon wieder ein Mädchen rumspielte. Und da kamen auch die Zwillinge um die Ecke.

Einer von ihnen fiel Till zur Begrüßung um den Hals, als wäre er ein lang vermisster Partykollege.

»Hey, Alter, du bist auch da!«

»Hey«, machte Till und sah von einem zum anderen. Meistens konnte er die beiden schon wegen ihren Klamotten auseinanderhalten. Ja trug mit Vorliebe gebügelte Polohemden, während es für Jos Geschmack schon zu schick war, wenn eine Hose nicht unterm Hintern saß. Aber heute hatten sich beide in ihre Konfirmationsanzüge gequetscht.

»Wir haben uns zur Feier des Tages wie echte Zwillinge angezogen!«, brüllte ihm einer begeistert ins Ohr. Till verzichtete darauf, ihn darauf hinzuweisen, dass sie echte Zwillinge waren.

»Zur Feier der *Nacht*!«

»Carpe noctem!«, rief der andere, legte den Arm um die Schulter seines Bruders und wankte mit ihm davon.

»Die wachen morgen mit Kopfschmerzen auf.«

Till sah zur Seite. Neben ihm stand dieses Mädchen aus der Parallelklasse. Wie hieß sie noch gleich?

»Auf jeden Fall.« Till nickte. »Die werden nicht nur einen Kater haben. Sondern einen ganzen Wurf.«

Einen ganzen Wurf? Einen ganzen Wurf Kater? Was redete er hier für einen Blödsinn?! Aber das Mädchen lachte, dann verzog es den Mund, als hätte es auf was Saures gebissen.

»Sag mal, warum willst du eigentlich nicht mitmachen?«

»Mitmachen?« Till verstand die Frage nicht, niemand hatte ihn aufgefordert, irgendwo mitzumachen. Außerdem war er doch gerade erst angekommen.

»Ich kann dir versprechen, dass du Spaß haben wirst!«

»Spaß klingt gut.«

Wahrscheinlich ging es um ein Trinkspiel.

»Was wird denn ausgeschenkt?«

»Ähm, eigentlich nichts Besonderes … Chris sorgt immer für literweise Kaffee.«

Kaffee?! Auf dieser Party war Kaffee das Rauschmittel der Wahl?! Till war kurz irritiert, dann vermutete er, dass so jede Spur von Müdigkeit von vornherein vermieden werden sollte. Clever.

»Und Evi trinkt Wasser, in das sie Steine gelegt hat.«

Steine?! Oder ging es etwa doch heftiger zur Sache als gedacht? Wenn Till sich richtig an das Präventionsprojekt erinnerte, wurde Crack in Form von Steinen verkauft. Oder Kristallen.

»Was denn für Steine?«

»Irgendwelche Kristalle halt.«

Till musste in dem Moment ziemlich erschrocken ausgesehen haben. Das Mädchen lachte auf.

»Sie nennt es Edelsteinwasser. Hat mit Energie zu tun. Aber ist eigentlich auch egal, was es zu trinken gibt. Es geht ja ums Schreiben. Oder in deinem Fall eher ums Fotografieren.«

Da dämmerte es Till. Endlich. Es ging um die WMNW. Um was auch sonst? Aber für Diskussionen über die Schülerzeitung hatte er echt keine Nerven. Auch wenn das Mädchen jetzt sagte, dass sie sich echt auf ihn gefreut hatten.

»Vor allem Paula.«

Der Name hallte in Till nach. Paula. Ob sie auch hier war? Wohl eher nicht. Er hatte sie noch nie auf irgendeiner Party gesehen. Wahrscheinlich brauchte man für die Partys, auf die Paula ging, einen Gästelistenplatz. Trotzdem konnte Till nicht anders, als Ausschau zu halten nach einem grünen Mantel.

»Ich muss mal –«, begann Till, und weil er nicht klingen wollte wie ein Kleinkind, das auf die Toilette musste, fügte er hinzu: »– meinen Kumpel suchen.«

Till schob sich den Flur entlang. Kaum hatte er das Mädchen stehen gelassen, fiel ihm auch der Name wieder ein: Mai-Lin. Aber das spielte jetzt auch keine Rolle mehr.

In der Küche, auf einem riesigen Inselmodul – von dem sein Patchworkvater Urs seit Jahren träumte –, stand ein großer, rechteckiger Glaskasten, gefüllt mit einer roten Flüssigkeit, die von innen zu leuchten schien. Das Ganze sah hochgiftig aus. Gebannt starrte Till darauf. Das war definitiv ein Foto wert; umständlich packte er die Leica aus der Ledertasche.

»Genial, oder?«, fragte ein Typ, den er noch nie gesehen hatte. Hinter seinem Ohr klemmte ein Kochlöffel. »War mal ein Aquarium. Auf dem Boden steht sogar so eine kleine Plastikschatztruhe. Sieht man natürlich nicht, wegen der Bowle. Übrigens superlecker.«

Die Zunge des Typen war tiefrot gefärbt, auch die Schneidezähne hatten was abbekommen.

»Angeblich schwimmt da drin ein toter Goldfisch.« Achselzuckend schöpfte der Typ einen Plastikbecher randvoll und drückte ihn Till in die Hand, stieß mit ihm an. Das Zeug war pappsüß, schmeckte nach Kinderhustensaft. Und ganz leicht nach Fisch. Eigentlich konnte man es nur exen. Kaum hatte Till das getan, war der Becher auch schon wieder voll. »Was soll's«, dachte er, legte den Kopf in den Nacken, spürte das Zeug durch seine Kehle rinnen. Für einen Moment schloss er die Augen, und als er sie wieder öffnete, sah er, wie Baumann an der Wand gegenüber Wurstscheiben auf die Fliesen drückte. Er ordnete sie kreisförmig an, vielleicht sollte es eine Art Mandala werden, Evi würde es sicher gefallen. Die Wurst blieb einen Moment kleben, dann fiel sie unter Oh-Rufen zu Boden.

11

Paula war fest entschlossen gewesen, eine wunderbare Nacht zu verbringen. Eine Nacht ohne die *Painted Walls,* eine Nacht ohne Marvin. Hatte sie ihre Wochenenden nicht oft genug im verqualmten Proberaum verbracht, in dem mehr abgehangen wurde als geprobt? Oder in einem improvisierten Backstagebereich, der noch winziger war als der Redaktionsraum der WMNW, aber weitaus mehr stank? Nach versagtem Deo, Käsefüßen, Kippen – und Jungs?!

Immerhin hatten sie vereinbart, zu telefonieren. Marvin hatte versprochen, sich von sich aus zu melden, weil der Empfang im Proberaum so schlecht war. Aber davon abgesehen sollte diese Samstagnacht Paula und Marija gehören. Erst würden sie tanzen, mitten auf der Tanzfläche, in den Händen bunte Gläser mit Zuckerrand. Und wenn sie nach Stunden wieder auf die Straße traten, würde die Sonne hinter der Skyline langsam aufgehen, die ersten Vögel singen – und irgendwo konnten sie mit Sicherheit frische Croissants auftreiben. So weit der Plan.

Aber dann hatte die Türsteherin mit dem aufgeklebten Schnurrbart sie einfach nicht in den Club gelassen, nicht einmal ihre geliehenen Ausweise hatte sie sehen wollen. Als Paula dann auch noch mit ihr zu diskutieren versuchte – obwohl sie es besser hätte wissen müssen –, war es sowieso vorbei. Sie konnten von Glück reden, wenn die Türsteherin sich nicht ihre Gesichter merkte. Hausverbot auf Lebenszeit. Frustriert hatten sie sich an einem Kiosk mit einer Jahresration Marzipanschokolade eingedeckt und waren bis zur Konstabler Wache gelaufen, nur um in die U5 einsteigen zu können. Es war Paulas Lieblingslinie, weil die U-Bahn auf der Eckenheimer Landstraße plötzlich oberirdisch fuhr, sich quasi in eine Straßenbahn verwandelte und der fahrende Beweis dafür war, dass es immer ein Licht am Ende des Tunnels gab. Zumindest am Tag. So wollten sich die beiden unter den Straßen entlang und durch die Stadt gleiten lassen, zuerst zum Hauptbahnhof und dann Richtung Norden zur anderen Endhaltestelle, bis nach Preungesheim und wieder zurück. Es gab eine Zeit, da hatten sie das oft gemacht, tagsüber. Einmal, in der siebten Klasse, hatten sie es auf sechseinhalb Runden gebracht. Nur um sich vor dem Projekttag »Halte deine Schule sauber« zu drücken.

»Auf alte Zeiten!«, rief Marija und hielt ein Schokoladenstück wie ein Sektglas in die Luft.

»Prost!«, rief Paula und klopfte mit ihrer Schokolade leicht dagegen. Früher hätten sie jetzt angefangen, über die Leute in der Bahn zu tuscheln, sich aufregende Lebensgeschichten ausgedacht und versucht, Kriminelle zu entlarven. Die meisten Punkte gab es für Drogendealer und Zuhälter. Es sei denn, sie waren zufälligerweise gerade am Bahnhof, da zählten Kriminelle nicht. Da hätte es eigentlich für Normalos Extrapunkte geben müssen. Aber heute waren nur grölende Fußballfans unterwegs, von oben bis unten rot-weiß angezogen. Bei dem

Anblick musste Paula immer an Pommes denken. Ihr Magen knurrte, sie nahm sich noch ein Stück Schokolade.

Sie waren noch nicht eine Station gefahren, als Marija eine SMS bekam.

»Die Zehner feiern heute eine Party«, informierte sie Paula.

»Die Zehner?!«

Paula schnaubte empört. So tief waren sie also schon gesunken!

»Süße, wenn mich nicht alles täuscht, ist das dein Jahrgang«, erinnerte Marija ihre Freundin.

»Unfreiwillig. Mein Jahrgang des Herzens seid ihr.«

»Oh, das hast du aber schön gesagt.«

Marija drückte Paula einen Kuss auf die Wange.

»Du fehlst mir. Vor allem im Bio und Mathe und Englisch und Deutsch und Französisch und Geschi und –«

»Du mir auch.«

Als Marija begann, eine SMS zurück zu tippen, zog auch Paula ihr Handy aus der Tasche. Sie gab den Code ein, blickte auf das Display und wartete einen Moment. Nichts tat sich: keine Nachricht, kein Anruf in Abwesenheit.

Wahrscheinlich war Marvin von irgendeinem Riff gestürzt. Einem Gitarrenriff. Haha. Dafür meldete sich Marijas Handy wieder.

»O-kay«, sagte Marija und schnalzte mit der Zunge. »Die Party ist bei David.«

»David Baker?«

»Ich kenne nur einen David mit ä. Also, was meinst du?«

Paula spitzte die Lippen und überlegte. David Baker war so ziemlich der einzige Zehner, auf dessen Party man sich als

Elfer – oder *gefühlte* Elferin – blicken lassen konnte, ohne seinen Ruf zu verlieren. Das war der Kalifornien-Bonus.

»Wenn wir auf die Party wollen, lass uns die Nächste aussteigen«, sagte Marija. Sie warf ihrem Spiegelbild im Fenster der Bahn einen kritischen Blick zu und brachte ihre dunklen Locken in Form. »Vom Willy-Brandt-Platz können wir laufen. Viel einfacher geht es nicht.«

»Das ist wohl ein Zeichen«, sagte Paula und wunderte sich über sich selbst: So langsam, aber sicher schien Evis esoterisches Gelaber Früchte zu tragen. Von wegen Zeichen! Fehlte nur noch, dass sie gemeinsam den Redaktionsraum nach Feng-Shui-Richtlinien umräumten und sämtliche Ecken und Kanten abhängten, am besten mit den Lappen vom Putzblitz. Damit das Chi besser floss.

Mit einem Quietschen hielt die Bahn in der Station. Entschlossen steckte sich Paula das letzte Stückchen Schokolade in den Mund, stand auf, griff nach Marijas Hand und zog sie hoch.

12

Als Paula und Marija auftauchten, hatte die Party ihren vorläufigen Höhepunkt erreicht.

Das Wurstmandala auf den Küchenfliesen war dank Superkleber vollendet. Die Waschmaschine schleuderte das Erbrochene des Gastgebers im Wollwaschgang. Die Nachbarin aus dem fünften Stock drohte zum zweiten Mal mit der Polizei, während der Nachbar aus dem dritten Stock, ein vornehmer alter Herr, mit zwei Flaschen Kräuterschnaps aufgekreuzt war, um mitzufeiern. Jetzt saß er mit Henning am Küchentisch und fachsimpelte über Außerirdische.

Paula ging von Zimmer zu Zimmer, um sich einen Überblick zu verschaffen. So landete sie auch in der Küche, direkt vor dem Bowle-Aquarium. Und wie der Zufall es wollte, stand Till genau auf der anderen Seite. Ein bisschen so wie Romeo und Julia in der Verfilmung mit Leonardo di Caprio. Da schwimmen den beiden doch auch Guppies vor der Nase herum, während sie sich aufs Heftigste anflirten. Aber Paula und Till sahen sich einfach nur an, nicht lange, drei Sekunden, vielleicht fünf.

Dann kreischte Nele auf einmal »FLASCHENDREHEN!«. Und der Moment war vorbei.

»Flaschendrehen?!«, rief Eleni. »Was kommt als Nächstes? Stoppessen? Würstchenschnappen?«

Irgendjemand lachte.

Nach Elenis Protest wollte Nele die Colaflasche, die sie schon in den Händen hielt, unauffällig wieder verschwinden lassen. Da meldete sich der einigermaßen erholte Gastgeber zu Wort.

»Kennt ihr *Seven minutes in heaven*?«

»Das ist doch dieser Song!«

Mai-Lin begann schon zu summen, aber David schüttelte den Kopf.

»Kein Song.«

»Ein Film?«

»Nein«, sagte er und nahm Nele die Flasche aus der Hand. »It's a game.«

Manchmal frage ich mich, ob David das mit Absicht macht. Ins Englische wechseln. Lässig wie ein Snowboarder, der die Piste verlässt, um mal eben in den watteweichen Tiefschnee zu gleiten, während wir anderen im Schneckentempo Schneepflug fahren. Weil es ihn noch ein paar Grad cooler macht.

Mit einem Mal waren alle verstummt.

Ein *game* also, mit kleinem g, importiert directly aus den USA! Von einem, der es wissen musste. Worum auch immer es ging, wir alle würden mitmachen, es war eine Art Initiationsritual, danach würden wir die amerikanische Sonne in uns tragen. Die Luft flirrte, als David ansetzte, um so umständlich wie möglich die Regeln zu erklären.

Die genau genommen ziemlich simpel waren:

Man saß im Kreis auf dem Boden. In der Mitte lag eine Flasche. Die wurde gedreht. Und dann musste/durfte/sollte derjenige, der die Flasche gedreht hatte, mit demjenigen, auf den sie zeigte, für sieben Minuten in einem Zimmer verschwinden. Um das Zimmer aufzuräumen. Scherz.

»At home we did it in the wardrobe«, sagte David.

»In einem Schrank«, übersetzte Eleni, eifrig wie immer.

»Und dann?«

David grinste wie Jack Nicholson als Joker.

»Then we made out.«

»You did what?«, flüsterte jemand.

»Ihr habt was *ausgemacht*?! Was habt ihr denn ausgemacht?!«

Eleni strich sich die Haare aus der Stirn. Ausnahmsweise hatte sie absolut keine Ahnung, was das heißen sollte. Durch die Verzögerung, welche die fehlende Übersetzung mit sich brachte, stieg die Aufregung immer mehr.

»Jetzt sag schon!«

»We made out«, wiederholte David ungeduldig. »Wir … haben rumgefummelt.«

Uns stockte der Atem. Das, was David da vorschlug, war genial! Flaschendrehen, ohne sich dabei kindisch vorzukommen! Flaschendrehen, ohne das ganze Drumherum, ohne all das überflüssige Gelaber von wegen »Wahrheit« oder »Pflicht«! Es ging gleich zur Sache.

Je länger ich darüber nachdenke, desto eher glaube ich, dass wir in dem Moment allesamt Schiss hatten! Sieben Minuten?! Das sind immerhin 420 Sekunden. Das ist eine halbe Ewigkeit. So ein paar Minuten können verdammt wichtig sein, ob nun während einer Klassenarbeit oder einer Feuersbrunst.

Kurz, sie können über Leben und Tod entscheiden. Fest steht, in der Zeit kann man viel machen. Vor allem kann man viel falsch machen. Sich dermaßen blamieren, dass es für ein ganzes Leben reicht. Und mal ehrlich: Auch wenn es niemand zugegeben hätte, waren wir doch fast alle ziemliche Anfänger in den Dingen, die man im Englischen mit »Making out« beschreibt.

13

»Die Zeit läuft!«

»Tick-tock«, machte David immer wieder. »Tick-tock.« Selbst das Geräusch einer bescheuerten Uhr hört sich auf Englisch gleich viel besser an! Bald taten die anderen es David nach. Tick-tock. Tick-tock. Die Rufe klangen dumpf durch das Holz, wie weit entfernt. Als ob das nicht genug wäre, hämmerte jemand mit beiden Fäusten gegen die Tür. Wenn Till nicht alles täuschte, war aus dem Flur sogar ein Stöhnen zu hören. Mit einem Schlag war er verdammt müde, er konnte nicht mehr stehen und ließ sich aufs säuberlich bezogene Ehebett sinken, das durch eine stolze Anzahl an Kissen auffiel. Die Matratze gab nach, bewegte sich und eine Welle schwappte unter ihm hindurch. Zuerst befürchtete Till, sein Kreislauf sei schuld. Fehlte nur noch, dass er umkippte. Seven minutes in Ohnmacht … was hieß Ohnmacht auf Englisch?

Er könnte Paula fragen. Rein theoretisch. Immerhin war sie mit ihm hier in diesem fremden Zimmer. In diesem fremden Schlafzimmer. Außerdem lernte sie schon ein Jahr länger Englisch als er selbst. Andererseits war sie sitzen geblieben, vielleicht sogar wegen der Fremdsprachen. Möglicherweise war sie genauso schlecht in Englisch wie er in Biologie. Und höchstwahrscheinlich wurde Paula nicht gern daran erinnert, dass sie eine Ehrenrunde drehte. Das wäre kein guter Anfang.

Kein guter Anfang für was?! Till spürte, wie sich Nässe unter seinen Achseln sammelte. Und der Grund war leider nicht, dass das Bett undicht war. Nein, in dem Moment, in dem die Flasche zum Stillstand gekommen war, hatte sein Körper auf erhöhte Schweißproduktion umgestellt. Als sei Till soeben mitten in der Sahara abgesetzt worden. Und zwar im Hochsommer. In Antarktisexpeditionsklamotten.

Paula war wortlos aufgestanden, ohne sich umzusehen, und nach ein paar Schrecksekunden war er, Till, hinterhergetrottet. Hatte noch nach seiner Kameratasche gegriffen. Erstens wollte er nicht, dass irgendein Idiot in der Zwischenzeit daran herumspielte. Zweitens beruhigte es ihn einfach, die Kamera in seiner Nähe zu haben. Peinlich, aber wahr: Die Leica war für Till so etwas wie dieses versiffte Stoffmonster für Anna.

»Hast du da Kondome drin?«, hatte Baumann ihm nachgerufen. »Ich muss schon sagen, sehr vorbildlich.«

»Ein Schwiegermuttertraum von einem Aufreißer!«

»Ein echter Muster-Casanova!«

Till war rot angelaufen. Signalrot. Oder gab es ein Rot, das noch röter war? Auch das könnte er Paula fragen. Rein theoretisch. Immerhin war ihre Mutter Kunstlehrerin, ihre Bilder wurden in den schicken Galerien in der Innenstadt gezeigt und zur Jubiläumsfeier organisierte sie diese riesige Ausstellung mit Schülerwerken. Aber ob Paula Lust hatte, über ihre Mutter zu reden? Ob sie überhaupt Lust hatte, mit ihm zu sprechen?

Dass etwas anderes laufen würde, war undenkbar. Till wusste auch gar nicht, ob er es überhaupt wollte. Er wusste so ziemlich gar nichts mehr.

Paula stand mit dem Rücken zu ihm neben dem kleinen Schreibtisch am Fenster. Till starrte auf ihren Nacken, und dann, weil er befürchtete, sie könnte das irgendwie spüren, fixierte er das Fensterbrett. Dort lagen jede Menge Kieselsteine und ein Stück Holz. Als Till die Augen zusammenkniff, sah er, dass das Holz geformt war wie ein Herz. Bestimmt hatten Davids Eltern das Zeug am Ufer gesammelt. Immerhin war der Main gleich da unten.

Wenn man aus dem Fenster sprang und das Wasser erreichte, würde man es wahrscheinlich überleben. So weit oben lag die Wohnung ja nicht. Tills Bedürfnis nach Abkühlung war wirklich ungemein groß.

Was machte Paula jetzt? Wo hatte sie ihre Hände?! Sie zog doch nicht etwa den Reißverschluss ihrer Jeans –?! Ah, nein, sie holte nur ihr Handy aus der Hosentasche. Natürlich. Seit wann litt Till an Halluzinationen?! Wahrscheinlich checkte Paula die Zeit, um herauszufinden, wie lange sie noch hier mit ihm ausharren musste. Doch dann fing sie an, irgendwelche Tasten zu drücken. Bestimmt schrieb sie gerade ihrer Furcht einflößenden Freundin, tippte *seven minutes in hell* und die da draußen lachten sich fast tot. Da konnte Till genauso gut seine Kamera auspacken. Es wäre beruhigend, auch etwas in den Händen zu halten. Wenigstens so zu tun, als sei er beschäftigt.

Er öffnete die Ledertasche, und da Paula nicht hinsah, hielt er sie kurz an sein Gesicht und atmete tief ein. Tier, Wollpullover, Zigaretten. Der Geruch sorgte dafür, dass Till sich entspannte. Zumindest ein bisschen. Dann mischte sich ein anderes, kraftvolles Gefühl ein, so etwas wie Wut. Wenn sein Vater sich nicht so früh aus dem Staub gemacht hätte, wüsste Till vielleicht, wie man sich in einer Situation wie dieser hier zu verhalten hatte. Oder auch nicht. So was kam wahrscheinlich nur in Filmen vor: Vater-Sohn-Gespräche, die nicht peinlich waren. Auf der Veranda sitzend, mit einem kalten Getränk in der Hand, nachdem man eben noch die Pferde in den Stall gebracht hatte. Im Hintergrund ging die Sonne unter – und alles in Dolby Surround. So ein Quatsch. Till war ganz sicher nicht der Typ, der mit seinem Vater über Mädchen geredet hätte. Was für ein Typ sein Vater war, wusste er nicht.

Als Paula plötzlich zu sprechen begann, dachte Till zuerst, sie meine ihn. Dabei hatte sie ihr Handy am Ohr, mit der anderen Hand wickelte sie sich eine Haarsträhne um den Finger, die sich aus ihrem Zopf gelöst hatte.

»Hallo, Mailbox-Marvin«, sagte sie so beiläufig wie möglich. »Kannst du dem echten Marvin bitte sagen, dass ich bis eben auf ihn gewartet habe? Und dann sag ihm auch, dass ich mich jetzt in den Himmel verabschiede.« Ohne ein Tschüss legte Paula auf, schob ihr Handy zurück in die Tasche und drehte sich um. Sie sah Till direkt an. Ihre Augen blitzten.

»Was meinst du?«, fragte sie mit einem übertriebenen amerikanischen Akzent. »Wollen wir ein bisschen *rumfummeln*?«

Paula machte einen Schmollmund, schob ihr Becken vor und legte eine Hand an ihre Taille. Dazu klimperte sie mit den Augenlidern, auf, zu, auf, zu. Sie sah aus wie eine ihrer eigenen Karikaturen. Till konnte nicht anders, er musste lachen. Auch Paula prustete los. *Rumfummeln.* Das Wort war aber auch wirklich bescheuert. Wo hatte David das überhaupt her?! Wahrscheinlich aus einem Deutsch-Lehrbuch, das vor Jahrzehnten gedruckt worden war. Niemand, der in einem angemessenen Rumfummelalter war, sprach von Rumfummeln. Mit einem Mal war Till so entspannt, dass ihm sogar etwas halbwegs Witziges einfiel.

»Fänd ich *dufte*!«, sagte er. »Richtig *knorke*!«

»Und gehört sich doch so auf einer *Fete*! Aber vorher muss man sich *anbaggern.*«

»Man könnte natürlich auch ein bisschen *haschen.*«

»Haha! *Haschen* ist gut. Das sagen meine Eltern immer!«, rief Paula, ließ sich neben Till aufs Bett plumpsen und eine neue Welle schwappte unter ihm durch. »Paula, wir hoffen doch sehr, dass auf diesen *Feten* nicht *gehascht* wird!«

Da war er wieder, der Duft nach Filzstiften und Ananas. Gab es so ein Shampoo überhaupt? Oder war das Duschgel? *Pineapple & Edding.* Plötzlich war da dieses Bild in Tills Kopf: Paula unter der Dusche. Merkwürdigerweise handelte es sich dabei um das Bad bei ihm zu Hause, das war an den himmelblauen Fliesen unschwer zu erkennen. Till spürte, wie er hart wurde. An was anderes denken, befahl er sich. Schon stand der Klein unter dem Wasserstrahl und trällerte eine seiner geliebten Opern. Aber auch dieser Trick gehörte zu den Dingen, die wohl nur in Filmen funktionierten: An Tills Erregung änderte sich nichts, er schlug die Beine übereinander. Paula war einfach zu nah.

»Du bist dran«, sagte sie und gab Till einen kleinen Stups.

»Womit?«

Sie sah ihm direkt in die Augen.

»Mit einem Wort«, sagte Paula. Dieser Blick. Er vertrieb den Klein endgültig aus der Dusche.

»Ich – ich glaube, mir fällt nichts mehr ein.«

Paula wartete einen Moment, in dem sie nichts tat, außer in Tills dunkle Augen zu sehen. Er guckte zurück, versank in ihrem Grüngrau.

»Gar nichts?«

Till schüttelte den Kopf.

»Aber mir«, sagte Paula beinahe tonlos und rutschte näher. Das Bett unter ihnen waberte. Sie rutschte noch ein Stückchen näher, legte ihren Kopf schief, rutschte noch ein bisschen näher und noch ein bisschen. Till spürte das Herz in seiner Brust.

Ihm fiel das Teilungsparadoxon ein: Ein Läufer will eine bestimmte Strecke zurücklegen.

Dazu muss er erst die Hälfte dieser Strecke hinter sich bringen. Und dafür muss er natürlich auch erst die Hälfte dieser halben Strecke rennen, die man wieder aufteilen kann. So gesehen gibt es unendlich viele Teilstrecken, also braucht der Läufer für die Gesamtstrecke eine unendlich lange Zeit. Eigentlich kann er das Ziel gar nicht erreichen. Aber Paulas Lippen waren schnell und Till kam ihnen entgegen. Dann waren da nur noch kleinste Teilchen. Till-Atome und Paula-Atome, die sich ein bisschen ineinander verschoben, und das fühlte sich fantastisch an. Als Till Luft holen musste, fragte Paula: »Fotografierst du mich?«

Till nahm den Deckel vom Objektiv und hielt sich die Leica vors Gesicht. Paula stellte sich am anderen Bettende in Positur. Mit einem Mal war sie verlegen, dann streckte sie Till die Zunge raus. Verdrehte die Augen. Blies die Backen auf. Löste ihren Zopf, strich sich die Haare übers Gesicht, setzte sich die Brille auf, die auf dem Nachttisch lag, und sah damit aus wie diese haarige Figur aus der Addams Family nach einem ziemlich radikalen Friseurbesuch. Als Nächstes runzelte sie ihre zarten Augenbrauen. Spielte Luftgitarre. Schnitt eine Grimasse, für die sie die Zähne bleckte. Nahm das herzförmige Stück Holz vom Fensterbrett und hielt es sich in einer dramatischen Geste vor die Brust. Und Till klickte und klickte und klickte und sagte albernes Zeug, das er bei dieser Modelshow aufgeschnappt hatte, die er mit seiner Schwester manchmal guckte: *Ja, Baby* und *Zeig's mir* und *Genau so, yeah!*. Dabei lachten sie sich fast kaputt. Das war beinahe so gut wie der Kuss.

»Ich kann nicht mehr!«, rief Paula plötzlich, ließ sich fallen und riss Till mit sich. Kopf an Kopf lagen sie da, ganz ruhig, immer noch außer Atem.

»Bestimmt ist die Zeit gleich um«, flüsterte Till.

»Aber vorher«, sagte Paula, »vorher mach ich noch ein paar Schnappschüsse von *uns*!«

Als sie nach der Leica tastete, lockerte Till seinen Griff. Seine Hände hatten Wichtigeres zu tun. Sanft ließ er seine Fingerkuppen über ihre Stirn wandern; er tastete Paula ab, als könne er es kaum fassen. Paula richtete die Kamera auf sich und Till, der die Augen schloss und mit einem Mal ganz ruhig und entspannt war, auf seinen Wangen Paulas Lippen und in seinen Ohren das sanfte Klicken des Auslösers. Till hatte es immer gemocht, aber jetzt verliebte er sich in das Geräusch.

14

Paula stand bei den Rauchern auf dem Balkon und trank Cola direkt aus der Flasche. Auf die Kombination von Zucker, Koffein und frischer Luft war wie immer Verlass: In Windeseile bekam sie einen klaren Kopf. Was zur Hölle hatte sie da eben getan?! Und was hatte sie sich dabei gedacht? Nicht viel, das stand fest. Sie hatte ihren Freund betrogen. Nur mit der Zunge zwar, aber sehr wahrscheinlich zählte es trotzdem. Auch das bisschen Alkohol war keine Ausrede. War es nie. Scheiße. Wo verdammt noch mal steckte Marija? Die wäre sicher der Meinung, dass Marvin es nicht besser verdient hatte. Gut möglich, dass das stimmte. Zum hunderttausendsten Mal zückte Paula ihr Handy: Keine Nachricht, kein Anruf. Wenn der wüsste! Dann stände er wahrscheinlich sofort auf der Matte. Oder auch nicht.

Paula fischte zwei Eiswürfel aus einem fremden Glas und steckte sie in den Mund. Die Kälte tat weh, an der Zunge, am Gaumen. Aber das war gut so, genau richtig. Eine Betäubung. Marvin durfte das Ganze nie erfahren. Auch wenn Till keine ernst zu nehmende Konkurrenz war, würde sein Stolz das nicht aushalten. Marvin war es ja gewohnt, dass alle immer nur ihn anhimmelten, und noch ehe Paula »Es tut mir leid« murmeln konnte, wäre sie ganz offiziell Single. Paula wusste, was Marija sagen würde: »Sei froh, dass du ihn los bist! Dem Spinner ist seine Les Paul doch wichtiger als du.«

Was auf eine Art richtig war: Immerhin hatte Marvin die Gitarre irgendwo weit hinter Kassel bei einem Musikheini abgeholt und Paula nach den Ferien nicht mal vom Flughafen. Der bekanntermaßen nicht am Ende der Welt lag, sondern nur am anderen Ende von Frankfurt.

Paula lachte auf, obwohl ihr nicht danach war, verschluckte sich und musste husten.

»Alles okay?«, fragte der Typ, der neben ihr stand und in jedem Nasenflügel zwei Ringe trug. Aus Versehen blies er Paula eine Rauchwolke ins Gesicht, wovon sie einen neuen Hustenanfall bekam.

»Ja«, stieß sie hervor. »Alles okay.«

Als der Nasenringtyp begann, ihr auf den Rücken zu klopfen, fielen Paula erst die Eiswürfel aus dem Mund. Und dann die Schuppen von den Augen: Nichts war okay.

Der Film! Paula musste den Film haben, unbedingt. Wenn die Fotos in die falschen Hände gerieten, in Marvins Hände, dann – Paula dachte den Gedanken lieber nicht zu Ende. Wortlos drückte sie dem Rückenklopfer die Cola in die Hand und machte sich auf die Suche nach Till.

15

Till hatte keine Lust mehr auf die Party. Aber er hatte Valentin versprochen, noch ein bisschen zu bleiben. Um bloß keinen Filmriss zu riskieren, würde er einen Bogen um die Bowle machen. Er durfte nicht vergessen, was er vorhin erlebt hatte. Paula. Er. Hier. Zusammen. Natürlich würde ihm niemand die Sache glauben, aber Till wollte sie auch gar nicht herumposaunen. Er wollte nur später noch in der Lage sein, die Szene in seinem Kopf ablaufen zu lassen, und zwar im Repeat-Modus. Um sich alle Details einzuprägen, war er noch einmal zurück in das Schlafzimmer von Davids Eltern gegangen. Im Schein der kleinen Lampe saß Till am Schreibtisch, starrte aus dem weit geöffneten Fenster und versuchte zu begreifen, was passiert war.

»Till?«

Er drehte sich um. In der Tür stand Paula. Was wollte sie hier? Konnte es sein, dass – Till suchte nach dem Blitzen in ihren Augen, nach dem Funkeln, konnte es aber nicht finden.

»Till, kann ich den Film haben? Aus der Kamera?«

Klar. Darum ging es ihr. War auch in Ordnung. Immerhin hatte sie einen Freund. Und jetzt? Till könnte natürlich schwören, dass er mit dem Film keinen Unsinn anstellen würde. Dass er ihn zusammen mit fünfzig anderen an einem sicheren Platz horten würde. Dass die Wahrscheinlichkeit verdammt hoch war, dass er all diese Fotos nie entwickeln würde. Okay, vielleicht sollte er Letzteres lieber nicht erzählen. Sonst hielte Paula ihn mit Sicherheit für extrem seltsam. Und das Interesse an ihm würde sie vielleicht auch verlieren.

Aber Paula den Film einfach so überlassen?

So nett er auch war: Till spürte, dass er das nicht konnte, ohne zu wissen, was genau der Grund war. Der Pakt? Die Tatsache, dass er als Fotograf mit Sicherheit nichts draufhatte? Oder lag es an den zuletzt geschossenen Bildern?

Till fuhr sich mit der Hand durch die Haare; er musste sich etwas einfallen lassen. Schnell.

»Ähm …«

Das Dumme war nur: Ihm fiel nichts ein.

»Also, ich, ähm …«

Das Nachdenken wurde erschwert, da Till immerzu auf Paulas Lippen starren musste. Jetzt schob sie ihre Unterlippe zwischen die Schneidezähne, biss leicht darauf. Till spürte seinen Herzschlag wieder ganz deutlich. Nur nicht dort, wo er hingehörte.

»Hör zu«, begann Paula. »Mein Freund und ich, wir gehen sowieso gerade durch eine schwierige Zeit, und da wäre es echt scheiße, wenn –«

»Schon klar«, unterbrach Till sie. Er wollte nichts von ihrem Freund hören, dem Musiker mit dem perfekten Gehör und seinen unzähligen Auftritten. Außerdem war ihm etwas eingefallen. Endlich. Trotz ihrer Lippen. Trotz seiner Schwellkörper.

»Ich würde dir den Film ja gern geben. Echt. Die Sache ist nur die: Auf dem Film sind noch andere Fotos. Fotos, die ich dringend brauche ...«

Paula zog die Augenbrauen nach oben, die Chefredakteurin in ihr war erwacht.

»Was denn für Fotos?!«

»Landschaftsfotos«, beeilte Till sich zu sagen. Es war das Langweiligste, das ihm einfiel.

»Landschaftsfotos?!«

Überrascht sah Paula ihn an. Sie hatte Till nicht gerade für einen Naturburschen gehalten.

»Ja, *Landschaft.* Du weißt schon. Felder, Hügel, Flüsse. Und Bäume, so weit man gucken kann.«

Er traute sich nicht, Paula in die Augen zu blicken. Ob sie ihm das abnahm? Dass er am Wochenende durch den Taunus stiefelte, sich über die Aussicht vom Feldberg freute?

»Auf jeden Fall brauche ich diese Aufnahmen unbedingt.«

»Ach ja? Wofür denn?«

Till holte Luft.

»Für ... für ein Magazin. *Wald und Wiese.*«

»Wald und Wiese«, wiederholte Paula und schnalzte mit der Zunge. »Und ich dachte, das wäre nichts für dich. Veröffentlichen und so.«

Damit hatte sie ihn. Was sollte er jetzt noch sagen?! Ein paar Sekunden war alles still.

»Stimmt«, sagte Till schließlich. »Das ist nichts für mich. Du kannst den Film haben. Landschaftsaufnahmen werden sowieso überbewertet.«

Till drehte sich Richtung Fenster, griff nach der Ledertasche, um die Leica auszupacken. Mit Hilfe der seitlichen Kurbel spulte er den Film zurück, dann schaltete er die Schreibtischlampe aus.

»Damit der Film nicht belichtet wird.«

Paula nickte ungeduldig. Im Zimmer war es jetzt ziemlich dunkel, aber dank der Straßenbeleuchtung immer noch hell genug, um zu bemerken, wie ungeschickt Till sich anstellte.

»Da ist er!«

Endlich.

Till hielt seine Faust in die Luft, Paula machte einen Schritt auf ihn zu, wollte nach dem Film greifen. Doch da holte er aus und warf das Ding in seiner Hand in hohem Bogen aus dem Fenster, wahrscheinlich direkt in den Fluss. Paula meinte, das Platschen gehört zu haben.

»Spinnst du?«, rief sie. »Was sollte das denn?!«

»Wolltest du das kompromittierende Material etwa entwickeln lassen?«, gab Till zurück.

Nee, natürlich nicht. Paula hätte den Film zerstört. Es kam also auf das Gleiche raus. Paula beugte sich über Till, um das Licht wieder anzumachen. Dabei glitt ihr Blick über das Fensterbrett, sie stutzte. Irgendetwas war anders. Genau. Das herzförmige Stück Holz fehlte. In dem Moment machte es noch einmal Klick. Aber niemand außer Paula hörte das Geräusch; es kam aus ihrem Inneren. Paula war gerade ein Licht aufgegangen. Prüfend sah sie Till an, aber er wich ihrem Blick aus. Also lag sie richtig. Ihn zu entlarven wäre ein Kinderspiel. Sie müsste ihn nur auffordern, das Filmfach vor ihren Augen zu öffnen – im Licht der Schreibtischlampe. Jede Wette, dass der Film noch darin war.

Aber Paula ließ es sein. Aus einem ihr unerklärlichen Grund wollte sie Till die unangenehme Situation ersparen. Obwohl sie wusste, dass sie in eine viel unangenehmere Situation käme, sähe Marvin die Fotos. Aber das war ihr plötzlich egal. Stattdessen fühlte sie sich geschmeichelt. Sie war nahe dran, Till über die Wange zu streichen. Die Küsse hatten Spaß gemacht, im ganzen Körper hatte sie ihr Echo gespürt. Ruckartig richtete Paula sich auf und ging, ohne sich zu verabschieden.

16

Auf dem Bildschirm hatte sich schon eine ganze Weile nichts mehr getan. Till rieb sich die Augen, vor einigen Minuten hatte er Valentin in die Sache mit Paula eingeweiht. Er hatte es einfach nicht für sich behalten können. Am liebsten hätte er seinem Kumpel noch gleich auf der Party davon erzählt, aber jeder Versuch war gescheitert. Valentin hatte sich nur noch für sich selbst interessiert; er war überzeugt davon, jemand hätte ihm etwas ins Glas gerührt.

»Ich schwöre, ich bin auf einem Trip, Mann«, hatte er immer wieder gesagt und sich die Hände vor die Augen gehalten. »Ich seh überall Punkte.«

Nachdem Till mehrfach versucht hatte, Valentin klarzumachen, dass hier *jeder* Punkte sah, weil an der Wohnzimmerdecke eine Discokugel hing, die glitzernde Reflexionen auf Wände und Boden warf, hatte er ihn entnervt zu Hause abgeliefert.

Till vermutete richtig, dass sich Valentin erst am späten Nachmittag wieder fit genug fühlen würde, um sich der Welt zu stellen – zumindest ihrer digitalen Version. Deshalb hatte er seinen Kumpel auch erst einmal in Ruhe gelassen, damit dieser genüsslich leiden und sich erholen konnte. Obwohl Till es kaum erwarten konnte, mit ihm zu chatten. Als es dann endlich so weit war, stellte er überrascht fest, dass über eine Sache zu reden fast so war, wie sie noch einmal zu erleben. Zumindest war es ein ganz guter Ersatz. Natürlich presste er seine Lippen nicht an den Bildschirm oder leckte über die Tastatur – aber als er Valentins Reaktion entgegenfieberte hatte er mit einem Mal das Gefühl, Paula wieder nahe zu sein.

- *ich sag nur eine zahl: 4000*
- *4000 was?!*
- *4000 bakterien. werden beim küssen ausgetauscht*
- *aha*
- *4000!!!*
- *sonst fällt dir nichts ein?*
- *in worten: viertausend*
- *idiot!*
- *bestimmt wachst du morgen mit einer grippe auf. dann hast du wahrscheinlich noch glück gehabt. paula hat gestern ziemlich krank ausgesehen. kauf dir schon mal vitamin c. und zink. und setz dich in der schule von mir weg*
- *sie hat nicht krank ausgesehen!*
- *wie sagt man so schön: liebe macht blind*
- *leck mich*
- *hättest du wohl gern. aber die bakterien bleiben schön bei dir*

Den Bakterienmist hatte Valentin sicher gerade erst im Internet gefunden. Aber eine Suchmaschine bedienen konnte Till auch. Da, sofort ein Volltreffer! Ein Artikel, den eine sehr kompetent aussehende Ärztin geschrieben hatte. Till kopierte den Text und schickte ihn Valentin.

- *Beim Küssen sorgen antimikrobielle Enzyme im Speichel dafür, dass die Zähne vor Karies und Parodontose geschützt werden. Außerdem werden Neuropeptide ausgetauscht, diese körpereigenen Botenstoffe unterstützen das Immunsystem.*
- *hast du das von www.die-erde-ist-eine-scheibe.de? oder www.den-weihnachtsmann-gibt-es-doch.com?*

Ohne sich zu verabschieden, loggte Till sich aus. Er war von seinem Kumpel enttäuscht. Keine Ahnung, was er erwartet hatte, bestimmt kein WOW! Okay, vielleicht ein kleines Wow. Zumindest eine ehrliche Einschätzung der Situation, und zwar aus einer nicht medizinischen Perspektive. Vielleicht hätte er Valentin dann von dem Holzstück erzählt, das jetzt Richtung Nordsee trieb, und von der Filmdose, die die ganze Nacht unter seinem Kopfkissen gelegen hatte. Erst heute früh hatte Till sie mit einer fetten 51 beschriftet und in der alten Reisetasche bei den anderen verstaut. Ja, möglicherweise hätte Till Valentin sogar von seinem tragbaren Erinnerungsarchiv erzählt.

Viertausend Bakterien. Valentin war echt ein Spinner! Till würde gern noch mehr Bakterien mit Paula austauschen, noch viel mehr. Aber die einzige Möglichkeit, mit ihr in Kontakt zu kommen, war die Schülerzeitung. Und jetzt hatte er Paula auch noch reingelegt, angelogen, verarscht, was auch immer.

Auf jeden Fall war das keine gute Ausgangslage für … für was eigentlich? Egal. Möglicherweise konnte Till nicht anders. Bestimmt steckte es in seinen Genen. Sein Vater hatte die Sache mit seiner Mutter doch auch nicht auf die Reihe gekriegt.

Alles, was Till darüber wusste, hatte er aus den Andeutungen seiner Oma. Und die behauptete auch, dass die Brötchen aus dem Supermarkt vergiftet waren und ihr Klempner für die NSA arbeitete. Sie war also nicht gerade das, was man als verlässliche Quelle bezeichnen würde.

Till stellte sich ans Fenster, packte die Leica aus und hielt sie auf die dunklen Wolken, die hinter den Hochhäusern aufzogen. Einen ganzen Film verknipste er, ohne auch nur ein Mal durch den Sucher zu blicken.

Wenn er mehr erfahren wollte, würde er mit seiner Mutter sprechen müssen. Aber seit er denken konnte, war das Vaterthema von einem diffusen Nebel umgeben. Er traute sich nicht, einen ordentlichen Zoom auf die Problematik zu richten, sich ihr auch nur das kleinste bisschen zu nähern.

Es war einfach nichts, worüber er und seine Mutter redeten. Genau so, wie sie nie über die Sache mit den Bienchen und den Blümchen diskutiert hatten. Oder über die Frage, wer der beste Tagesschau-Sprecher war. Hin und wieder versuchte Till sich vorzumachen, dass es sowieso nicht weiter wichtig war. Aber wenn das stimmte, hätte er wohl kaum die alte Kamera aus dem Keller gekramt, würde sie nicht überall mit hinnehmen und gleichzeitig vor seiner Mutter verstecken. Und all das nur, um einem Unbekannten nah zu sein, der nach Tier, Wollpullover und Zigaretten stank.

17

Eine fette Schicht Marzipan, ein hauchdünner Boden. So mochte Paula Nusskuchen am liebsten. Marvin balancierte ein in zwei Hälften geschnittenes Stück auf einem Teller in das Wohnzimmer, die Kanne mit dem Darjeeling stand schon bereit.

Paula lächelte. Ein wohliges Gefühl breitete sich in ihr aus, vom Bauch bis in die Zehenspitzen. Ihr Freund war manchmal einfach nur süß. Da konnte Marija sagen, was sie wollte. Und wie er jetzt, ohne es zu merken, seine Stirnfransen zurückpustete. So mochte Paula ihn viel lieber, als wenn er auf der Bühne seine Show abzog, wo jede Geste und jeder Handgriff einstudiert waren und wie zufällig wirken sollten.

Marvin, der Paulas seligen Gesichtsausdruck bemerkte, vergaß, dass er noch Tassen holen wollte, ließ sich auf die Ledercouch fallen und drückte Paula einen sanften Kuss auf den Mund. Dass er sich kurz darauf das größere Kuchenstück schnappte, übersah sie großzügig. Als Frontman der *Painted Walls* war er einfach verwöhnt. Erst kam Marvin, Sänger und Gitarrist in einer Person, dann lange nichts, dann kam der Schlagzeuger und dann der Bassist. Der oft genug ausgetauscht wurde. Blieb nur die Frage, wo da noch Platz für Paula war. Aber daran wollte sie heute nicht denken.

Paula lehnte sich nach vorne, nahm sich das übrig gebliebene kleinere Stück und schnupperte daran. Lecker.

»Wie ein altes Ehepaar«, seufzte sie, alles andere als unglücklich darüber. »Eigentlich der perfekte Sonntagnachmittag.«

»Auf jeden Fall«, schmatzte Marvin. »Du, ich –«, mit der Gabel deutete er auf den Kuchen, die Couch, das ganze Zimmer. »Wir gäben ein gutes Titelfoto für den neuen Ikea-Katalog ab. Ein bisschen spießig, ein bisschen stylish. Genau die richtige Mischung.«

Paula verschluckte sich. Fotos? Wieso redete Marvin jetzt ausgerechnet von Fotos? Sie hustete, aber der Kuchen wollte nicht weiterrutschen, blockierte ihre Speiseröhre. Oder war es die Luftröhre? Vor ihrem inneren Auge sah Paula eine ganz andere Titelseite vor sich: *Tödlicher Nusskuchen – Sechzehnjährige qualvoll erstickt.* Und wahrscheinlich gäbe es Marvin jede Menge Stoff für neue, tieftraurige Songtexte. Auch eine Art, unsterblich zu werden.

»Marvin, ich –«

Paula deutete auf ihren Hals, ihre Augen traten hervor, sie begann zu schwitzen. Als Marvin endlich kapierte, hatte sie schon nach dem Tee gegriffen und trank einen brühheißen Schluck direkt aus der Kanne.

»Chibt das Blasen?!«

Paula stand vor dem Spiegel und streckte sich selbst die Zunge heraus.

»Essen chann ich chetzt erst mal nichts mehr.«

Marvin saß hinter ihr auf dem Badewannenrand, das iPad seines Vaters in den Händen.

»Hier steht, du sollst mit Kamillentee gurgeln.«

»Von Chee hab ich chenug.«

Mit dem Zeigefinger fuhr Paula vorsichtig über die feuerrote Zunge. Vor etwa siebzehn Stunden hatte sie in einem Mund gesteckt, der weder ihr eigener noch Marvins war. Bei dem Gedanken wurde ihr warm. Vermutlich das schlechte Gewissen. Immerhin war Marvin der beste Freund, den man sich wünschen konnte. Zumindest manchmal. Wenn man von seinem Desinteresse in Gegenwart seiner Kumpels und potenzieller Fans einmal absah. Und von seiner Eitelkeit. Und seiner Vorliebe für rohe Zwiebeln. Im Ernst, Paula konnte ohne nachzudenken zehn Mädchen aufzählen, die sie um ihren Freund beneideten, und zwei bis drei Jungs.

»Kühlen soll auch gut sein.« Marvin sah kurz auf. »Ich glaube, wir haben Eis da.«

Paula schüttelte den Kopf. Sie musste daran denken, wie sie sich gestern erst die Eiswürfel in den Mund geschoben und sich dann auf die Suche nach Till begeben hatte. Das hatte ihr geholfen, einen kühlen Kopf zu bewahren, als sie plötzlich wieder allein mit diesem merkwürdigen Typen gewesen war. Wie Till geguckt hatte, als sie in der Tür stand. Zwar wollte Paula es nicht wahrhaben, aber in dem Moment hatte sie dieses eindeutige Kribbeln zwischen ihren Beinen gespürt. Und allem Anschein nach reichte schon die Erinnerung daran aus. Mit Zeigefinger und Daumen kniff Paula sich in die Zunge. Was machte sie sich hier vor?!

Besser, sie hielt sich ab jetzt von Till fern. Auch wenn ihr im Moment noch niemand anderes einfiel, der als Fotograf für die WMNW infrage kam. Aber mit dem Feuer zu spielen, das war die *Goldene Ente* nun auch wieder nicht wert. Sie musste sich eines klarmachen:

Die Sache mit Till war nichts als Rache gewesen. Rache dafür, dass Marvin sich wieder einmal nicht gemeldet hatte, obwohl er es versprochen hatte. Vielleicht war es auch eine Art Trost gewesen. Egal. Aber wie gut es sich anfühlte, hatte Paula dann doch überrascht. Wie zart, beinahe schüchtern Till ihren Mund erforscht hatte. Und wie dann plötzlich etwas in ihm wach geworden war. Und in ihr.

Okay, sie gab es ja zu: Sie war scharf auf Till gewesen. Aber wenn es nur darum ging, kein Problem, das konnte sie doch auch hier haben. Jetzt, auf der Stelle. Mit dem richtigen Typen.

Paula fuhr sich durch die Haare, löste das Zopfband und ließ es auf ihr Handgelenk gleiten. Sie drehte sich um, war in drei Schritten bei Marvin und setzte sich auf seinen Schoß. Sie wusste, dass er das mochte. Paula ließ ihre Finger unter sein T-Shirt gleiten, spielte mit dem Lederband, an dem das schwarze Plektrum hing, Marvins Glücksbringer, den er auf irgendeinem Konzert ergattert hatte. Schon immer hatte sie es sexy gefunden, das schmale Band, das eng um seinen Hals lief. Nicht mal zum Duschen zog Marvin es aus. Paula gab vor, ihr Gewicht verlagern zu müssen, aber eigentlich ging es ihr nur um die Bewegung, sie wollte Stromstöße durch Marvins Körper schicken.

»Schmeiß mich nicht um!«, murmelte er, hielt das iPad über Paulas Kopf und starrte darauf.

»Noch ein letzter Tipp für meine Zunge?«, fragte Paula und fuhr sich über die Lippen. Aber Marvin sah nicht einmal hin. »Vielleicht möchte meine Zunge auch einfach nur abgelenkt werden …«

»Moment.« Marvins Stimme klang abwesend. »Ich will noch schnell diese Mail hier –«

Das war ja mal wieder typisch! Wie alle in seiner Familie war Marvin ein absoluter Medien-Freak. Sie kommunizierten ausschließlich über Mail, SMS und WhatsApp. Wahrscheinlich sogar am Abendbrottisch. Paula hatte sich längst daran gewöhnt. Sie ließ ihre Fingerspitzen über seine Brust kreisen. Man musste ihn nur abzulenken wissen.

»Schatz –«, sagte Marvin. Das klang nicht mehr abwesend, das klang genervt. Und überhaupt: Schatz?! So nannte er sie sonst nie! So wollte sie auch nicht genannt werden! So nannten sich alle.

»Ja, Schnuckilein?«, gab Paula mit übertrieben süßer Stimme zurück. Aber Marvin reagierte nicht darauf.

»Robbi hat mir geschrieben. Sie proben gerade!«

»Jetzt?!«

»Ja! Die Jungs sind sich wohl zufällig in der Stadt begegnet. Keine Ahnung, warum er nicht angerufen hat! Mann, ohne mich machen die nur Scheiß.«

Marvin schob Paula unsanft von seinem Schoß, dann eilte er aus dem Bad, nicht ohne einen Blick in den Spiegel zu werfen, um seine Frisur zu richten.

»Iss ruhig meinen Rest Kuchen«, rief er aus dem Flur, und dann fiel die Tür zu.

18

Till sah sofort, dass *Tatort* lief. Klar, es war ja Sonntagabend. Er ließ sich auf den Sessel fallen und schnappte sich die Tüte mit den Salzbrezeln. Nachdem er sich eine Handvoll gegriffen hatte, nahm er gleich eine zweite.

»Nimm nicht so wenig!«, murmelte Urs. »Nicht dass du uns verhungerst.«

Till verzog das Gesicht zu einem schiefen Grinsen. Warum musste Urs immer ironisch sein, warum konnte er nicht ein Mal geradeheraus sagen, was er wirklich meinte?

Natürlich verstand Till ihn auch so, deshalb legte er die Tüte brav zurück. Aber es ging ihm verdammt noch mal auf die Nerven. Am schlimmsten war, dass seine kleine Schwester jetzt auch schon so anfing. Mit acht! Kinder, die ironisches Zeug von sich gaben, waren unheimlich.

Auf dem Bildschirm raste der Kommissar mit Blaulicht durch irgendeine deutsche Großstadt. Berlinhamburgköln, was machte das schon für einen Unterschied? Die von der Kripo stellten sich überall gleich blöd an und zwischendrin aßen sie Würstchen an irgendeiner Bude. Till stand auf, um sich in der Küche etwas Eigenes zu essen zu holen. Als er am

Fernseher vorbeiging und kurz die Sicht blockierte, sagte Urs: »Jetzt bitte genau so stehen bleiben.«

»Geht leider nicht«, murmelte Till. »Aber vielleicht tut es ja das hier.«

Er nahm die Yukkapalme und stellte sie direkt vor dem Fernseher ab.

»Hey«, protestierte Urs, den Mund voller Brezeln. Trockene Krümel fielen auf seinen Schoß.

Aber da war Till schon in seinem Zimmer verschwunden. Der Appetit war ihm genauso vergangen wie die Lust auf einen mittelmäßigen Krimi.

Keine Minute später klopfte es an seiner Tür.

»Kann ich reinkommen?«, fragte seine Mutter. Till machte sich nicht die Mühe zu antworten, reinkommen würde sie sowieso. Aber er hatte sich geirrt, sie klopfte noch einmal und öffnete die Tür erst, als Till »Ja« gesagt hatte, leise, aber doch hörbar. Müde sah seine Mutter aus, sie trug nur eine Socke. Urs hatte gerade mit seiner abendlichen Fußmassage losgelegt. Erst kam der linke Fuß dran, dann der rechte. Es war immer das Gleiche. Ob sie im Bett genauso routiniert vorgingen? Und ob das auf Dauer langweilig wurde? Nicht dran denken, befahl sich Till. Wahrscheinlich war er gestört. Warum sonst musste er sich geradezu zwanghaft vorstellen, was er sich eigentlich nicht vorstellen wollte?

»Geht's dir gut?«, fragte seine Mutter und rieb den nackten Fuß an ihrer Wade.

Till, der verloren mitten in seinem Zimmer stand, zuckte mit den Schultern. Er wusste es nicht. Er wusste es wirklich nicht. Auf der Plusseite stand: Er hatte Paula geküsst. Auf der Minusseite stand: Er hatte Paula geküsst. Und sich dabei wahrscheinlich bis ziemlich sicher verknallt. Dabei hatte er nicht den Hauch einer Chance, da konnte er genauso gut hinter der zauberhaften Johanna her sein. Oder gleich Kristen Stewart.

Auf jeden Fall würde er seiner Mutter nicht sein Herz ausschütten, so weit käme es noch! Aber es gab noch diese andere Sache, die ihn beschäftigte, in letzter Zeit mehr denn je. Vielleicht war jetzt eine gute Gelegenheit, um einen Anfang zu machen.

»Mama –«, begann er, als sie sich schon zum Gehen wandte.

»Ja?«

»Können wir nicht mal wieder ein Eis essen gehen?«

Ein Lächeln breitete sich auf ihrem Gesicht aus.

»Gern«, sagte sie. »Tolle Idee! Neben Urs' Büro hat ein neues italienisches Café aufgemacht, das wollten wir schon ewig testen. Da können wir nächstes Wochenende alle zusammen –«

Till schüttelte den Kopf.

»Ich meine eigentlich nur dich und mich. Es muss auch kein italienisches Eis sein. Lieber was am Stiel, von der Tankstelle, wie früher.« Als wir noch zu zweit waren, fügte er in Gedanken hinzu. »Damit wir mal in Ruhe reden können.«

Tills Mutter strich sich die Haare aus dem Gesicht.

»Oh«, machte sie und war mit einem Mal ziemlich besorgt. Ihre Augenlider verrieten sie immer; unkontrolliert begannen sie zu zucken. »Reden. Natürlich. Klar. Gleich morgen?«

Till nickte. Sie sah auf die Uhr an ihrem Handgelenk. Ein Geschenk von Urs. Wer sonst kaufte heute noch Armbanduhren?

»Oder wollen wir jetzt noch eben los? Ist erst kurz vor neun.«

»Nee, so wichtig ist es nicht.«

»Sicher nicht?«

Till schüttelte den Kopf. Er würde sowieso erst Mut fassen müssen, um seine Mutter zu fragen, was er sie fragen wollte.

»Eben habe ich doch tatsächlich kurz gedacht –«

Seine Mutter lachte nervös auf.

»Was hast du gedacht?«

»Ach, nichts. Vergiss es.«

Aber Till ließ nicht locker.

»Jetzt sag schon!«

»Na, du hast doch jetzt eine Freundin, und da dachte ich, also, es wäre ja denkbar, also, wenn man nicht aufpasst, dann kann es ja passieren –«

Tills Blick verdüsterte sich.

»Ich. Habe. Keine. Freundin«, sagte er ganz langsam. »Und geschwängert habe ich bis jetzt auch niemanden. Und werde ich auch nicht, zumindest nicht in naher Zukunft. Weil ich nämlich weiß, was man tun kann, wenn man kein Kind will.« Er machte eine kleine Pause. »Anders als du. Dafür bin ich ja wohl der lebende Beweis.«

»Tillmann!« Da waren sie wieder, die Augenlider. Und ihre Unterlippe zitterte auch. So etwas war sie von ihm nicht gewohnt und er von sich auch nicht. Im gleichen Moment bereute er, was er gesagt hatte. Zumindest ein bisschen. Was war in letzter Zeit mit ihm los? Nett war das definitiv nicht gewesen. Aber warum zur Hölle sollte man auch immer nett sein?!

Till drehte sich zum Fenster, er wollte nur noch seine Ruhe.

Dass die Verabredung zum Eis nun sehr wahrscheinlich flachfiel, war ihm scheißegal.

Als Till sich sicher sein konnte, dass seine Mutter wieder vor dem Fernseher saß und ihre Hacken durchkneten ließ, schlich er ins Schlafzimmer. Aus der Kiste im Schrank nahm er sich das alte Fotoalbum und verbrachte den Rest des Abends damit, ein junges Pärchen anzustarren, das in einem alten VW durch eine sonnenverbrannte Gegend fuhr, die nach Süden aussah. Die beiden trugen große Sonnenbrillen auf der Nase und wirkten ziemlich glücklich.

Till wusste, dass er das auch wollte: zu zweit unterwegs sein – nicht mit Valentin, sondern mit einem Mädchen. Es musste auch nicht gleich Spanien oder Italien sein, der Günthersburgpark reichte ihm völlig.

19

Der Typ hinter der Bibliothekstheke guckte Till skeptisch an. Als hätte er gerade nach einem Handbuch für Bombenleger gefragt – und nicht nach einem Buch über analoge Fotografie.

»Steht da hinten nichts im Regal?«, fragte er und fuchtelte mit der Hand, als wolle er eine Fliege verscheuchen. Till schüttelte den Kopf.

»Dann guck ich mal, ob ich was finde.« Der Bibliothekstyp begann lustlos und mit zwei Fingern auf der Tastatur vor sich herumzudrücken. Eine gefühlte Ewigkeit verging, Till überlegte schon, die Sache abzubrechen. Doch da hob der Typ den Kopf, der zu rot schien für den langen, schmalen Körper. Eigentlich sah er aus wie ein Streichholz.

»Wir haben nicht gerade viel zu dem Thema«, sagte er. »Ich an deiner Stelle würde es in einem Internetforum versuchen. Da tauschen sich die Profis aus.«

Toller Tipp. Daran hatte Till auch schon gedacht. Deshalb hatte er heute früh auch behauptet, schnell noch etwas für die Schule machen zu müssen, um ausnahmsweise in seinem Zimmer frühstücken zu dürfen – vor dem Laptop. Während

Till sich Müsli in den Mund geschaufelt hatte, las er, wie sich die richtigen Cracks über ihre Kameras unterhielten. Manchmal klang es fast so, als schrieben sie über alte Freunde oder geliebte Haustiere. Einer nannte seine Spiegelreflex »Brigitte«. Immerhin hatte Till dabei herausgefunden, was das Besondere an seinem Fotoapparat war, bisher hatte er nicht viel mehr als die korrekte Bezeichnung gewusst. Richtig gefreut hatte er sich, als er gelesen hatte, dass Leicas, weil sie so leicht und kompakt waren, vor allem fürs Reportagefotografieren geeignet waren. Eine gute Ausgangslage für das, was Till vorhatte! Denn er hatte in der Nacht beschlossen, endlich aktiv zu werden. Er wollte Zeit mit Paula verbringen. Und wenn das bedeutete, dass er bei der WMNW mitmachen, fotografieren lernen und einen kindischen Pakt brechen musste – dann würde er das tun! Zumindest würde er es sehr wahrscheinlich tun. Genau genommen konnte er das ja später noch entscheiden. Erst einmal würde Till sich das nötige Handwerkszeug aneignen. Das konnte so oder so nicht schaden. Praktischerweise stand demnächst unsere lang herbeigesehnte Klassenfahrt an, da würde es sicher reichlich Gelegenheit und Motive geben, um das Fotografieren in aller Ruhe zu üben.

Nur war Till in den Foren nicht weitergekommen, das Profigelaber, in dem es um Leuchtrahmen und Schnellladesysteme ging, war für ihn unbrauchbar. Till fing ganz von vorne an! Er brauchte etwas anderes, etwas Simples, um nur das Wichtigste über Belichtung, Brennweite und Co. zu erfahren. Klar, auch das hätte er bestimmt irgendwo im Netz gefunden. Aber Till erschien nur ein Buch – ein richtiges, gedrucktes – der alten Kamera würdig. Je zerlesener, desto besser. Sein Vater hatte damals sein Wissen ja wohl auch kaum aus dem Internet gezogen. Till wollte es genauso machen wie er. Deshalb hatte er die letzte Stunde geschwänzt und war in die Bibliothek gefahren.

Streichholz kam schließlich mit einem Wälzer an, der den schlichten Titel *Das Einmaleins der Fotografie* trug. Es war angeblich ein echter Klassiker und alt genug, dass ein ganz bestimmter Vorbesitzer der Leica das Buch gelesen haben könnte. Wahrscheinlich nicht genau dieses Exemplar, aber was machte das schon. Ziemlich zufrieden mit seiner Beute ging Till die Arnsburger Straße entlang, setzte sich auf eine Bank und schlug das Buch auf. Es wäre gelogen zu sagen, dass Till das *Einmaleins der Fotografie* verschlang. Denn das Buch war verdammt dick. Und Till nicht gerade das, was man einen Bücherwurm nennt. Aber schon was er auf den ersten Seiten las, gefiel ihm. Offensichtlich kam es nicht darauf an, dass man ein technisch ausgefeiltes Bild schoss. Genauso wichtig waren Feingefühl und Intuition. Es war schon viel wert, wenn man im richtigen Moment auf den Auslöser drückte. Dass er das konnte, wusste Till. Ein Beweis war das (zugegebenermaßen noch nicht entwickelte) Brötchenbrockenspuckbild. Till war erleichtert, dass er nicht alle technischen Details kennen musste. Vielleicht hatte der vorherige Besitzer der Kamera das auch nicht. Allerdings war das unwahrscheinlich: Eines der wenigen Dinge, die er über seinen Vater wusste, war, dass er sehr genau und kleinlich gewesen war. Seine Oma nannte ihn in ihren klaren – und oft auch gnadenlosen – Momenten den »werten Herrn Korinthenkacker« oder den »Ambestenwisser«.

Von Seite zu Seite wurde Till ungeduldiger, er wollte endlich loslegen. Nachdem er in den Kapiteln geschmökert hatte, die ihm am wichtigsten schienen, packte er seine Leica aus und legte einen neuen Film ein. Das hatte er zwar schon x-mal getan, aber heute war jeder Handgriff mit Bedeutung aufgeladen. Denn Till hatte fest vor, die Fotos, die er ab jetzt schoss, auch entwickeln zu lassen. Film Nummer 52 würde nicht einfach in seinem Archiv verschwinden. Pakt hin oder her.

Hier ging es um seine Zukunft. Und sein Vater war doch nicht mehr als Vergangenheit, vielleicht nicht einmal das. Denn eines wollte Till auf jeden Fall vermeiden: einem Unbekannten zuliebe die Chance auf *Till & Paula Teil II* sausen zu lassen – nur um sich dann rückblickend selbst zu verfluchen. Nämlich dann, wenn Till im Seniorenheim schmorte und sich dieser Unbekannte immer noch nicht bei ihm gemeldet hatte. Das war seine ganz persönliche Horrorvorstellung: Er würde sich zu einem verrückten Alten entwickeln, das Zimmer voller Koffer, in denen unentwickelte Filme lagerten. Mittendrin thronte Till auf seinem Bett, um den Hals die mit Spinnweben bedeckte Leica, die er wegen seiner Arthritis längst nicht mehr bedienen konnte. Genau so würde Till dann beerdigt werden, in einem einsamen Grab. Und niemand würde darauf Blumen pflanzen.

Entschlossen stand Till auf und begann eine Fotosafari durch die Innenstadt. Er achtete nun zwar ein bisschen mehr auf den gewählten Ausschnitt, möglicherweise ließ er sich auch etwas mehr Zeit beim Scharfstellen, aber eigentlich tat Till, was er auch vorher getan hatte: Er hielt einfach die Augen offen und drückte immer dann auf den Auslöser, wenn sein Blick an irgendetwas hängen blieb, wenn seine Augen stolperten. Da war zum Beispiel die alte Frau, die auf ihrem Rollator einen Kaktus spazieren fuhr. Da war der Junge, der sich genüsslich eine meterlange Gummischlange in den Mund stopfte. Da waren die zwei Mädchen, die von einem Mülleimer in einen Blätterhaufen sprangen. Da war die Ameisenstraße, die in einer kunstvollen Schleife um eine Coladose lief. Da war die Wolke in Form eines Drachen, die sich langsam vor die Abendsonne schob.

Till sah überall hin, nach links und rechts, nach oben und nach unten. Er war so aufgeregt, so bei der Sache, dass er fünf Filme verknipste, die er am liebsten sofort abgegeben hätte, um die entwickelten Fotos schnellstmöglich in den Händen zu halten. Aber der kleine Fotoladen, wo er damals den ersten Film gekauft hatte, war schon geschlossen. Und in eine Drogerie wollte Till nicht gehen, das schien unpassend.

Als er in seine Straße bog, hatte Till so gute Laune wie lange nicht. Er lächelte sogar dem unfreundlichen Lehmann zu, der wie immer an der Ecke stand und rauchte. Kurz überlegte er, ein Foto von ihm inmitten seines Meeres aus Kippen zu machen, aber dann entschied er sich dagegen. Er wollte nicht riskieren, angemotzt zu werden; er wollte sich jetzt durch nichts und niemanden die Laune verderben lassen.

Till fühlte sich in dem Moment der ganzen Welt nahe. Vor allem all jenen, denen er genau genommen gar nicht nahe war, zumindest nicht im Moment: Etwa seinem Vater, der vielleicht stolz darauf wäre, dass sein Sohn bald für die Schülerzeitung arbeitete. Und natürlich der Chefredakteurin eben dieser Zeitung.

Merkwürdig, oder? Kaum hatte Paula entschieden, Till in Zukunft aus dem Weg zu gehen, da beschloss er, alles daranzusetzen, um mehr Zeit mit ihr zu verbringen. Kann man Ironie des Schicksals nennen – oder einfach große Scheiße. Aber zum Glück ahnte Till nichts davon. Also öffnete er vergnügt summend die Wohnungstür und ging direkt in die Küche, wo er seine Mutter und Anna lachen hörte. Anders als sonst schob er die Leica nicht noch schnell in seinen Rucksack, um sie zu verbergen.

»Da bist du ja«, rief Tills Mutter. Sie wollte ihm einen Kuss auf den Kopf drücken und er ließ es zu. Seine Mutter sah heute wieder richtig fit aus, wahrscheinlich hätte er ihr sowieso nicht ausweichen können.

»Es gibt Apfelpfannkuchen mit Zimt und Zucker «, verkündete Anna. An ihrer Wange klebte ein bisschen Teig. Eigentlich klebte überall an ihr Teig, als hätte man sie darin gewendet wie eine Apfelscheibe. Bereit für die Pfanne. Auch das wäre ein tolles Foto.

Till fühlte, wie auf seinem Gesicht ein Strahlen wuchs. Kein Urs weit und breit. Kein Vorwurf, dass er so spät nach Hause kam. Dafür die Aussicht darauf, mit Paula zusammenzuarbeiten. Und die Aussicht auf jede Menge fette Pfannkuchen. Mit Zimt und Zucker.

Doch dann machte ein Satz alles kaputt. Beziehungsweise ein Wort. Ein Genitiv, um es mit Chris so genau wie möglich zu sagen.

»Oh«, rief Tills Mutter und sah ihn begeistert an. »Du hast Opas Kamera gefunden!«

»Opas Kamera?«, wiederholte Till, dabei hatte er schon verstanden. Er blickte an sich herunter, die Leica hing hilflos um seinen Hals. Mit einem Mal hatte er das Gefühl, als wäre an dem roten Trageband ein Backstein befestigt, der ihn nach unten zog, in die Knie zwang. Das Band schnitt in Tills Nacken. Seine Finger umklammerten die Ledertasche, deren Geruch ihm beinahe den Atem nahm.

Opas Kamera! Die Kamera hatte seinem Opa gehört! Mütterlicherseits, versteht sich. Deshalb war Till der Geruch der Tasche so vertraut vorgekommen. Deshalb hatte die Kamera unten im Keller gelegen und rottete nicht auf irgendeiner Müllhalde vor sich hin, wie alle Erinnerungsstücke an seinen Erzeuger. Von dem Fotoalbum im Schrank einmal abgesehen. Till spürte, wie seine Augen zu brennen begannen. Die ganze Zeit über hatte er sich etwas vorgemacht. Er war in der Schule zum Trottel geworden – denn natürlich wusste er, dass hinter seinem Rücken Sprüche über ihn und sein angeblich »bestes Stück« gerissen wurden. Er hatte verdammt viel Kohle für scheiß Filme ausgegeben und die nicht einmal entwickelt! Warum eigentlich? Wegen eines Pakts?! Weil er befürchtete, dass seine Fotos nicht mit denen seines Vaters würden mithalten können? Oder weil er sich vorgestellt hatte, dass sein Vater eines Tages zurückkäme und ihm alles erklären würde über Blenden, Brennweiten und den anderen Blödsinn, der doch keine Rolle spielte?! Alles, was Till bisher gemacht hatte, waren Trockenübungen. Wie Schwimmen auf dem Wohnzimmerteppich. Wie Kondome über Bananen streifen.

Am Schlimmsten war aber: Er hatte jetzt nichts mehr, das ihn mit seinem Vater verband. Das Fotografieren würde er vorerst sein lassen, so viel stand fest.

»Willst du welche mit Zimt oder ohne?«, fragte Anna.

»Hä?«, machte Till. Er blinzelte ein paarmal.

»Na, Pfannkuchen!«

»Keinen Hunger«, murmelte Till. Damit ließ er seine Mutter und seine Schwester stehen und ging in den Keller. Am liebsten hätte er sich hier im Dunkeln verkrochen, im Schrank versteckt wie ein Kleinkind und keinen Mucks von sich gegeben, bis ihn jemand – der Richtige – gefunden hätte und wieder nach oben trug. Aber dann drückte Till auf alle Lichtschalter und zerrte den alten Koffer hervor. Eine ausrangierte Stehlampe fiel um und ihm auf den Fuß, der Schirm ging zu Bruch; Till biss die Zähne zusammen.

Er war so verdammt wütend, auf seinen Vater, seine Mutter, seinen toten Opa und auf Paula. Wegen ihr und ihrer bescheuerten Zeitung hatte er überhaupt erst von seinem Irrtum erfahren. Auch auf sich war er wütend, vielleicht am meisten, und das machte es nicht besser. Mit dem Daumen ließ er einen Deckel nach dem anderen von den Filmdosen springen und zog die Filme heraus, traurig braune Girlanden, die sich um seine Füße wanden. Mit brennenden Augen belichtete er einen Film nach dem anderen, auch die neuen nahm er sich vor. Nicht einmal vor der Dose mit der Nummer 51 machte er halt.

20

Ob ihr es glaubt oder nicht: Manchmal lösen sich Probleme von ganz allein. Manchmal muss man nichts weiter tun, als abzuwarten. Zu dieser wunderbaren Erkenntnis kam Paula nur eine Woche später.

Sie trommelte uns am Freitag zu einer außerordentlichen Redaktionskonferenz zusammen. Ja, schon wieder an einem Freitag. Classic. Während die Gedanken unserer geschätzten Klassenkameraden nur noch darum kreisten, was sie am Wochenende unternehmen und was sie auf die anstehende Klassenfahrt mitnehmen würden, mussten wir über Themen nachdenken, die einer *Goldenen Ente* würdig waren. Wenn es zurzeit schon im Hinblick auf die Fotos nicht gerade gut aussah, brauchten wir für die Ausgabe wenigstens ein Gesamtkonzept. Ein Thema, das sich durchzieht vom Editorial bis ins Impressum. Das war aber auch das Einzige, worin wir uns einig waren.

»Klimawandel«, schlug Evi vor. »Wir könnten recherchieren, was wir als Schüler gegen die Erderwärmung tun können.«

»Uns weniger dick anziehen«, murmelte Daniel. »Neue Kühlschränke kaufen.«

»Finde ich gut«, sagte Paula und meinte damit ganz sicher nicht Daniels Einwurf. »Das gefällt der Jury bestimmt. Ein Thema, das zeigt, dass wir verantwortungsbewusst und selbstkritisch sind.«

»Und das sich genau deshalb bestimmt jede zweite Schule vorknöpft«, maulte Chris und exte seinen ersten Kaffee. »Wir brauchen ein Thema, das uns von den anderen *unterscheidet*!«

»Man könnte etwas über die Schachweltmeisterschaft machen«, sagte Daniel ohne den Anflug eines Lächelns.

»*Damit* unterscheiden wir uns auf jeden Fall«, sagte ich. »Dann sind wir nämlich die Einzigen, die eine Einschlaflektüre rausgebracht haben.«

Daniel zuckte mit den Schultern.

»War ja nur ein Vorschlag.«

»Und wenn wir etwas über Marie Curie schreiben? Zumindest Dr. Schmal würden wir damit glücklich machen.«

»Eine Ausgabe, die man vor lauter Schleim nur mit Handschuhen anfassen kann? Nein, danke.«

»Außerdem brauchen wir dafür doch nur bei Wikipedia abzuschreiben.«

Paula rieb sich die Schläfen.

»Das stimmt. Wir brauchen etwas Spannendes. Etwas, das nur wir machen können, weil nur wir Ahnung davon haben.«

»Schach habe ich ja schon vorgeschlagen«, murmelte Daniel.

»Mann, Daniel, wir *alle* müssen davon Ahnung haben.«

Chris grinste. »Dann vielleicht ein Special über das harte Leben als Minderjähriger. Wie man sich nachts unbemerkt aus der Wohnung schleicht. Wie man in Clubs reinkommt. Wo es das beste Gras zu kaufen gibt.«

»Du kiffst doch gar nicht.«

Chris nickte. »Genau. Weil ich eben nicht weiß, wo man das beste Gras kauft. Das wird sich spätestens mit dem Erscheinen unserer Ausgabe ändern. Stellt euch mal vor: Generationen von Schülern und Schülerinnen werden uns dankbar sein.«

Er hob die Hand und ich schlug ein. Paula stöhnte auf.

»Bitte, Jungs, jetzt bloß nicht albern werden!«

»Ich dachte, beim Brainstormen sei alles erlaubt«, gab Chris zurück.

»So ein Scheiß ist nicht erlaubt.«

»Sagt wer?«

»Sage ich. Die Chefredakteurin.«

»Dann schlage ich aus gegebenem Anlass ein weiteres Thema vor: Zensur.«

Chris verschränkte die Arme über der Brust, Paula tat es ihm nach. Die beiden funkelten sich böse an.

»Konflikte!«, rief Mai-Lin. »Lasst uns doch was über den richtigen Umgang mit Konflikten machen.«

Jetzt richtete sich Paulas bohrender Blick auf Mai-Lin, die sich beeilte, zu erklären: »Warum nicht? In den unteren Klassen werden doch seit Kurzem diese Konfliktlotsen ausgebildet.«

Ich gähnte demonstrativ, Mai-Lin schlug mir mit ihrem Mäppchen auf die Schulter. Ein fluffiges gelbes Ding, das viel härter war, als es aussah.

»Du solltest unbedingt fragen, ob du diese Ausbildung mitmachen darfst«, sagte ich und rieb mir die Schulter. »Konflikte lassen sich nämlich auch ohne Handgreiflichkeiten austragen, weißt du.« Da holte Mai-Lin schon wieder aus. Ich sprang zur

Seite, stieß Chris' Kaffeetasse um und die warme Brühe verteilte sich über den Tisch.

»Mann, pass doch auf«, rief er, obwohl er natürlich wusste, dass das keine Absicht gewesen war. Aber wenn es um seine nächste Dosis Koffein geht, versteht Chris keinen Spaß.

»Hab dich nicht so«, murmelte ich.

»Hab dich nicht so?!«, rief er und wischte mit einem Lineal über die Tischplatte, um die braune Pfütze zurück in die Tasse zu lenken.

»Dafür habe ich mein letztes Pulver verbraucht«, jammerte er. Ich wette, wenn Chris allein gewesen wäre, hätte er seine Lippen an die Tischkante gesetzt und das Zeug einfach so weggeschlürft.

»Neuer Themenvorschlag«, sagte ich mit einem Blick auf unseren Koffeinjunkie. »Sucht. Und zwar in all ihren abstoßenden Ausprägungen.«

Chris zog die Augenbrauen zusammen. Ohne Zweifel war er verdammt sauer. Und ich war in dem Moment verdammt froh, dass er nicht die Sportskanone war, die seine Eltern gern gezeugt hätten. (Bestimmt haben sie es extra in einer besonders akrobatischen Stellung gemacht, um die Chancen zu erhöhen.) Dazu muss man wissen: Chris' Eltern trainieren beide erfolgreich Kung-Fu. Hätte ihr Sohn auch nur einen Anfängerkurs gemacht, ich hätte meine Klappe gehalten und wäre persönlich zum Supermarkt marschiert, um ihm eine neue Packung gemahlener Bohnen zu besorgen – mit Verwöhnaroma. Aber so war ich auf der sicheren Seite. Oder etwa doch nicht? Er sah mich mit einem Blick an, der in Kombination mit seinen zu Fäusten geballten Händen nichts Gutes heißen konnte. Der beste Beweis dafür, dass Menschen auf Entzug gefährlich sind. Die anderen blickten von mir zu Chris und wieder zurück. Niemand sagte mehr was. Doch dann ging – vielleicht gerade noch rechtzeitig – die Tür auf.

Es war Miriam P. – nicht zu verwechseln mit Miriam R. Das taten wirklich viele, obwohl die eine (Miriam P.) als überzeugter Emo herumlief (schwarze Chucks, schwarzes Haar und dazwischen irgendwas Gestreiftes), während die andere (Miriam R.) sich mit ihren frisch gebügelten Blusen schon auf ein Leben als Sparkassenangestellte vorbereitete.

»Du, wir sind gerade mitten in einer Konferenz«, sagte Paula.

»Ich weiß.« Miriam P. nickte, wobei sich ihr geglättetes Haar dank der täglichen Dose Haarspray nicht einen Millimeter bewegte. »Deshalb bin ich hier. Die Sache ist die, ich hatte gerade Geburtstag –«

»Hey, herzlichen Glückwunsch!«

»Alles Gute!«

»Wie schön, dass du geboren bist –«, stimmte Mai-Lin an. Sie hätte am liebsten ihr Saxofon ausgepackt, aber Miriam P. hob abwehrend die Hand.

»Danke, danke. Also, ich habe eine Digicam geschenkt gekriegt. So ein richtig gutes Ding, Spiegelreflex. Zwar habe ich damit noch nicht viel fotografiert, aber wenn ihr für die WMNW immer noch jemanden sucht, dann könnte ich vielleicht –«

Paula ließ sie gar nicht ausreden. Eine Anfängerin mit Digitalkamera konnte zwar nicht mit einem alten Hasen und seinem analogen Gerät mithalten. Aber ihrer Ansicht nach war es allemal besser als die allgegenwärtigen Handyfotos.

»Willkommen an Bord!«, rief Paula also und drückte Miriam P. an sich wie ein verloren geglaubtes Familienmitglied. Auch wir anderen waren verdammt erleichtert, nun eine Sorge weniger zu haben. Wobei ich zugeben muss, dass mir Paulas Sinneswandel damals etwas plötzlich vorkam. Normalerweise ist sie hartnäckiger, das ist eines ihrer Markenzeichen! Was war mit Till?

»Willst du einen Kaffee?«, bot Chris Miriam P. an.

Ohne auf eine Antwort zu warten, schaltete Chris die Maschine an. Dann erst fiel ihm ein, dass kein Pulver mehr da war.

»Ich hol dir schnell einen aus der Plörreria!«, rief er und war schon abgezischt. Chris legte einen echten Sprint hin, seine Eltern wären stolz auf ihn gewesen. Unsere Chefredakteurin lehnte sich entspannt zurück. Zwar hätte sie am liebsten heute schon ein Thema für die Wettbewerbsausgabe festgelegt. Aber wenigstens wusste sie nun, dass wir auf jeden Fall Fotos haben würden.

21

Die nächste Woche begann mit einer kleinen Sensation, die eigentlich ein Extrablatt der WMNW wert gewesen wäre. Es passierte in Mathe: Unsere Klassenlehrerin, Frau Rosenthal, wollte uns gerade daran erinnern, was eine Orthogonale ist, als sie umkippte. Mitten in einem Satz, der mit völlig unbrauchbaren Wörtern wie »Koordinatensystem« und »Winkel« beladen war, kippte sie einfach um, verschwand hinter ihrem Pult und stand nicht mehr auf. Ein paar Sekunden war alles still, dann rannten Ja und Jo los, um den Hausmeister zu holen. Denn der Kupper verteilt nicht nur Flipcharts und Kreide, vertreibt Fremde vom Schulhof und übersieht großzügig die Raucher – seine komplette Freizeit widmet er außerdem dem Roten Kreuz. Er ist also ein Held im Blaumann.

Bevor er Frau Rosenthal in den Oberarm zwickte, um einen »kleinen Schmerzreiz« zu setzen, rief er: »Seht jetzt gut her, Jungs!« Warum die Mädchen nicht gut hersehen sollten, weiß ich nicht. Auf jeden Fall war Frau Rosenthal mit einem Mal wieder ansprechbar. Und das war die Hauptsache.

»Es ist alles in Ordnung«, flüsterte sie und lächelte. »Ich bin nur schwanger.«

Alles in Ordnung! Von wegen. Denn wie sich herausstellte, wurde Frau Rosenthal wegen der Gefahr einer Frühgeburt krankgeschrieben – und unsere Klassenfahrt prompt abgesagt.

Als David uns die Neuigkeit verkündete, starrte Eleni ihn mit offenem Mund an.

»Meine Eltern haben mir extra Wanderstiefel gekauft!«, maulte sie.

»*Was* haben sie dir gekauft?«

Jetzt richteten sich alle Blicke auf Eleni. Es war schulbekannt, dass sie Schuhe sammelte wie Daniel ausgefallene Schachfiguren. (Am liebsten mochten wir sein Simpsons-Schach. Mit Krusty dem Clown als Springer.) Aber eigentlich wurden in Elenis Treter-Sammlung nur richtige Knöchelbrecher aufgenommen. Jede Wette wäre ich eingegangen, dass sie auf keinen Fall mit weniger als fünf Zentimetern unter den Fersen losgewandert wäre. Aber da hatte ich mich wohl geirrt.

»Die Rosenthal hat doch gesagt, wir brauchen festes Schuhwerk für die Klassenfahrt«, verteidigte sie sich.

»Die jetzt ins Wasser fällt«, sagte ich.

»Deine Eltern hätten also besser in Gummistiefel investiert.«

Das war reiner Galgenhumor, denn wir waren echt geschockt. Zwar sollte unsere Klassenfahrt nur nach Trier gehen – und Trier ist bekanntermaßen nicht Berlin –, aber trotzdem! Außerdem war die Fahrt in der Zehnten traditionell die letzte vor dem Abi, wenn man von der großen Abschlussfahrt einmal absah. Aber woher wusste man schon, ob man bis dahin überhaupt noch dabei war? Wer hatte nicht schon alles frühzeitig schlappgemacht im erbitterten Kampf um die nötige Punktezahl?!

David zuckte mit den Schultern. »Es fehlt eine weibliche Begleitperson.«

Henning grinste mittelintelligent.

»Versteh ich nicht. Wir haben doch sechzehn Mädels in der Klasse.«

»Haha«, machte Nele und schob ihm ihren Ellenbogen in die Seite, woraufhin Henning übertrieben zurückzuckte. Ein klares Indiz, dass zwischen den beiden was lief. Oder dass er zumindest davon träumte.

»Mann, es geht darum, dass abends noch mal jemand in die Mädchenzimmer geht!«, rief jemand. »Um zu kontrollieren, dass sich auch ja kein Jüngling unter der Bettdecke versteckt hat! Das kann ja wohl schlecht der Klein machen!«

Unser Musiklehrer hatte sich schon vor Wochen bereit erklärt, mitzufahren. Unter der Bedingung, dass wir jeden Abend zusammen singen würden. Vielleicht hatte er doch noch einen Funken Hoffnung, was unsere Musikalität anging. Oder er hatte einfach vor, das entsprechende Lernfenster notfalls mit roher Gewalt zu öffnen.

»Pff«, machte Nele. »Der Klein im Mädchenzimmer?!«

»Das soll er mal versuchen.«

»Dann wird er zum Kastratensänger«, rief Eleni.

Ein paar lachten, aber das täuschte nicht darüber hinweg, dass uns eine echte Katastrophe bevorstand. Wurde die Klassenfahrt abgesagt, hatten wir Unterricht! Das fühlte sich an, als seien die Sommerferien mal eben auf die Länge von Pfingsten geschrumpft. Wie wir da zusammenstanden mit hängenden Schultern und Mundwinkeln: Das hätte ein wunderbar trauriges Foto abgegeben. Aber Till fotografierte in diesen

Tagen nicht, als hätte er es tatsächlich komplett aufgegeben. Doch dass die Leica nicht wie sonst um seinen Hals baumelte, fiel in dem Moment niemandem auf. Es waren einfach alle viel zu beschäftigt damit, nach einer Lösung für unser Problem zu suchen.

Daniel sah von seinem Schachbrett auf.

»Vielleicht kann meine Schwester mitfahren«, sagte er. »Die hat gerade Semesterferien. Und sie studiert auf Lehramt.«

»Außerdem ist sie superheiß!«, rief Jo. »Bei ihr mache ich gern den Jüngling. Und zwar all night long.« Er hob die Hände in die Luft und begann, auf der Stelle zu tanzen.

»Und ich löse dich ab!«, rief Ja.

Daniel sah sie mit einer Art Großmeister-Blick an.

»Damit wäre diese Alternative draußen«, brummte er, ohne Jo und Ja auch nur eine Sekunde aus den Augen zu lassen. »Wir müssen uns was anderes einfallen lassen.«

Und das taten wir. Gleich nach der großen Pause verklickerten wir Dr. Schmal, dass es ein »großer Gewinn« für alle Beteiligten wäre, wenn wir mit der Parallelklasse fahren durften. Die auch nach Trier reiste, laut Plan allerdings erst eine Woche später. Aber es wäre ein Leichtes, das zusammenzulegen! Unsere Argumente waren genial: Erstens konnte sich die Schule auf diesem Weg Personal sparen. Und zweitens würden wir im kommenden Schuljahr durch unsere Kurswahl sowieso wild durcheinandergewürfelt werden. Da war es doch eine gute Idee, jetzt schon ein bisschen Zeit miteinander zu verbringen! Und was war dafür besser geeignet als eine ebenso idyllische wie geschichtsträchtige Universitätsstadt?

»Ich werde Frau Liebich fragen«, sagte Dr. Schmal. Frau Liebich war die überaus freundliche, dauerlächelnde Klassenlehrerin der Parallelklasse. Ehrlich, wenn man sie sah, ging die Sonne auf. Ich nehme an, dass sie in ihrem früheren Leben ein Einhorn gewesen ist, mit Regenbogenschweif. Aber auch Dr. Schmal war ausnahmsweise gut gelaunt.

»Wahrscheinlich ist es wirklich sinnvoll, wenn ihr euch jetzt schon aneinander gewöhnt«, sagte er, ganz beeindruckt davon, wie vorausschauend wir sein konnten. Wenn wir nur wollten. Vor allem die Mädchen aus der 10b konnten es gar nicht erwarten, sich an David Baker zu gewöhnen. Die männliche Fraktion aus der Klasse wiederum ärgerte sich, weil sie aus genau diesem Grund ihre Chancen auf eine besonders aufregende und erfahrungsreiche Klassenfahrt schwinden sah. Aber den Realisten unter ihnen war schon seit Langem klar, dass sie sich das bisschen Freizeit wie üblich mit Rumhängen vertreiben würden.

Als Till die Neuigkeit erfuhr, verschlug es ihm für einen Moment die Sprache. Paula und er zusammen auf Klassenfahrt. In *einem* Bus. In *einer* Jugendherberge. Schon wenn er nur daran dachte, begann er zu schwitzen. Auf jeden Fall musste er jede Menge Deo einpacken. Die teure Marke, die Urs immer kaufte.

»Alles klar mit dir?«, fragte Valentin besorgt.

»Mir ist ziemlich heiß«, murmelte Till.

»Wärst du eine Frau und vierzig Jahre älter, würde ich sagen: Wechseljahre. In deinem Fall spricht leider alles für eine Schilddrüsenüberfunktion. Bist du in letzter Zeit nervöser als sonst? Hast du abgenommen?« Valentin sah Till mitleidig an. »Keine Sorge, das ist nicht tödlich.«

»Dann bin ich ja beruhigt«, sagte Till und ließ seinen Kumpel stehen, um ein bisschen frische Luft zu schnappen. Die überflüssige Transpiration wäre, genau wie Valentins Fehldiagnose, vermeidbar gewesen, hätte Till gewusst, welchen Entschluss Paula schon vor einiger Zeit gefasst hatte: Sie wollte nämlich bei diesem »Kindergartenausflug« unter keinen Umständen dabei sein. Gemeinsam mit Marija hatte sie längst den perfekten Plan geschmiedet. Sie würde rechtzeitig krank werden. Magen-Darm-Virus, Fieber, egal. Hauptsache krank, Hauptsache nicht reisefähig. Die Sache war die: Paula fühlte sich nicht als Teil der Klassenstufe, die sie wegen einer absolut übertriebenen Fünf in Englisch – thank you very much, Mrs Färber – wiederholen musste. Da blieb sie lieber zu Hause im Bett und ging am Wochenende, nach einer Wunderheilung, mit Marija auf das *Big Time*-Festival. Außerdem kannte sie Trier in- und auswendig, da ihr Onkel in der Nähe wohnte. Viel zu oft schon war sie mit ihm, dem Hobbyhistoriker, und seiner Familie stundenlang durch das Landesmuseum gelatscht, hatte Steinwerkzeuge bewundert und jede Menge zerbeulte, alte Münzen, für die man sich rein gar nichts kaufen konnte.

Doch dann sah Paula die Sache mit einem Mal anders. Und Till spielte in dieser Hinsicht keine Rolle – zumindest nicht die entscheidende. Glaube ich zumindest, denn eigentlich wollte Paula ihm ja aus dem Weg gehen. Paula hatte nämlich plötzlich eine Eingebung, die so simpel wie genial war: die *Klassenfahrt!* Das war es doch, das ideale Thema für die WMNW! Die ganze Zeit hatte es vor ihr gelegen, geradezu zum Greifen nah! Es konnte ein richtiger Insiderbericht werden, eine schonungslose Momentaufnahme dessen, was es hieß, als junger Mensch zur Schule zu gehen. Oder vielmehr: was es bedeutete, wenn ein ganzer Jahrgang gemeinsam eine Woche schulfrei hatte. Paula sah das Cover schon vor sich: *Auf Klassenfahrt. Eine Reise in die Wirklichkeit/die Realität/ die Tiefen der Schülerseele.* Oder: *Auf Klassenfahrt. Jenseits der Aufsichtspflicht.*

Das holperte zwar noch etwas – aber egal! Daran konnte Paula ja noch arbeiten, gemeinsam mit uns von der Redaktion. Auf jeden Fall würde sie mit nach Trier fahren, um vor Ort zu recherchieren, immerhin war sie die Chefredakteurin. Vielleicht konnte Marija ihr Festival-Ticket noch verkaufen. Und wenn nicht, spielte es auch keine Rolle. Hier ging es um Wichtigeres. Paulas Herz begann schneller zu schlagen, und sie war felsenfest davon überzeugt, schuld daran sei allein ihr Geistesblitz.

22

»Ich versteh dich nicht! Letzte Woche hast du mir noch einen vorgejammert und jetzt willst du plötzlich doch mit? Nach Trier?!«

Paula nickte. Die riesige Feder des Zwanzigerjahre-Haarreifs, den Marija ihr aufgesetzt hatte, bewegte sich mit.

»Das heißt, du machst nicht mehr krank?«

Paula schüttelte den Kopf und der Haarreif fiel zu Boden.

Marija sah sie fassungslos an.

»Und das *Big Time*?«

»Ist auch ohne mich big genug.«

Die beiden saßen in Paulas zitronengelb gestrichenem Zimmer, versanken in Sonnenbrillen, Federboas, Paillettenkleidern und schrägen Hüten, die Marija von ihrer Tante geliehen hatte, die beim Theater arbeitete. Marija, die sich gerade einen Sonnenhut mit Plastikrosen aufgesetzt hatte, zog ihn enttäuscht von ihrem Kopf.

Mit dieser Planänderung hatte sie nicht gerechnet. Sie schnappte sich Paulas bunt beklebten Laptop und begann zu tippen.

»Hier, *das* ist das *Big Time*.«

Zu sehen waren Bilder von Discokugeln, die in Baumkronen hingen, von Menschen mit pinkfarbenen Perücken, die auf Ästen saßen, von sich umarmenden Tänzern mit Perlen im Haar und Sternen in den Augen.

Marija klickte auf einen anderen Tab.

»Und *das* hier ist Trier. Eine Brücke. Ein Schloss. Umgeben von Quadratkilometern von Wald und Wiese.«

»*Wald und Wiese*«, wiederholte Paula und grinste.

Marija warf ihr einen irritierten Blick zu.

»Ich versteh dich einfach nicht –«

»Ich versteh mich auch nicht«, gab Paula zu und grinste noch breiter. »Nee, im Ernst. Ich muss aus Recherchegründen mitfahren. Damit wir mit richtigen Hammergeschichten für die WMNW zurückkommen.«

»Hoffentlich kommst du nicht mit was anderem zurück.«

»Hä?«, machte Paula. Sie verstand nicht.

»Vergiss es«, sagte Marija. Paula nahm ihr den Laptop aus der Hand, klappte ihn demonstrativ zu und ging zu ihrem Schreibtisch, auf dem ein Berg angekauter Stifte lag.

»Themenwechsel«, bestimmte sie und griff aus einer überquellenden Schublade ihren Skizzenblock. »Was meinst du, welche Cartoons kommen bei einer Jury wohl am besten an?«

Marija zog eine Grimasse. Auch wenn sie kein Redaktionsmitglied war, lag Paula ihr seit Wochen mit der *Goldenen Ente* in den Ohren. Quack. Quack. Marija konnte es nicht mehr hören! Trotzdem setzte sie sich auf, um einen Blick auf die Skizzen zu werfen. Wie immer waren sie mit einem feinen schwarzen Filzstift gezeichnet, sahen mühelos aus, wie lässig aufs Papier geworfen.

Ein Typ, der von einem Felsen in den sicheren Tod fiel und nichtsdestotrotz seinen Handspiegel zückte, um zu kontrollieren, was der Wind mit seinen Haaren anstellte.

Ein Typ, der so breitbeinig auf einer Bühne stand, dass seine Hose im Schritt gerissen war und den Blick auf eine Gummibärchenunterhose freigab. Ein Typ, der eng umschlungen mit seiner Gitarre auf dem Sofa saß, mit Herzchen in den Augen.

Auf jedem Cartoon sah der Typ gleich aus – und trug ein Erkennungszeichen um den Hals: ein schmales Band, an dem ein Plektrum hing.

»Ich finde die alle gleich gut«, sagte Marija. Mit einem Räuspern legte sie den Block zur Seite. »Ist zwar nicht gerade ein Themenwechsel«, begann sie, »aber wie läuft es eigentlich mit Marvin?«

Paula ließ sich nach hinten auf die Matratze fallen und blickte zu den Leuchtsternen an der Zimmerdecke. Als Überraschung zum Geburtstag hatte Marvin ihr dort die Milchstraße hingeklebt. Paula schloss die Augen.

»Marvinmarvinmarvin. Der Typ nervt mich. Und zwar gewaltig. Auch ein Grund, mit nach Trier zu fahren. Ein bisschen Abstand wird uns guttun.«

»Euch oder dir?«

»Was?«

Marija zuckte mit den Schultern.

»Schon gut. Ich bin bekanntermaßen sowieso kein Mitglied des Marvin-Fanclubs. Und selbst wenn ich die langjährige Vorsitzende wäre, bin ich auf deiner Seite, egal, was du tust.«

»Was sollte ich denn tun?«, fragte Paula. »Es ist eine *Klassenfahrt.* Nach *Trier.* Mit den *Zehnern.*«

Marija ließ sich neben ihre Freundin fallen und legte den Arm um sie.

»Eben drum.«

Eine Weile sagte niemand mehr was, die beiden lagen nur da und lauschten dem nervtötenden Geräusch einer Auto-Alarmanlage. Dann stützte Paula sich plötzlich auf den Ellenbogen und sah ihre Freundin an.

»Was genau heißt das eigentlich: Du bist auf meiner Seite, egal, was ich tue?«

Marija verzog die Mundwinkel.

»Na ja, könnte zum Beispiel sein, dass du anfängst, professionell Autos zu knacken. Dann würde ich dich weder verurteilen noch enterben, noch dir die Freundschaft kündigen.«

»Gilt das auch, wenn ich eine Bank ausraube?«

»Klar!« Marija schnaubte empört.

»Und wenn ich jemanden umbringe?«

»Kommt drauf an, wen. Im Zweifelsfall aber ja.«

»Würdest du mit mir die Leiche verbuddeln?«

Marija drückte ihr einen Kuss auf die Wange.

»Wenn es sein muss, sogar in meinem Vorgarten, Süße.«

23

Zur gleichen Zeit fand bei Valentin zu Hause ein Krisentreffen statt. Denn obwohl die Klassenfahrt erst in einer Woche losging, herrschte bei Valentin absoluter Ausnahmezustand. Er stand vor der Herausforderung, drei Kulturbeutel in einem vergleichsweise kleinen Rollkoffer unterzubringen. Also hatte er Till angerufen und zu sich nach Hause zum Abhängen eingeladen, um ihm nebenbei ein paar seiner Sachen unterzujubeln.

Till ließ sich auf dem Schreibtischstuhl mit ergonomisch geformter Rückenlehne durch das Zimmer seines Freundes rollen. Der Stuhl sah aus wie ein überdimensionaler Birkenstock-Schuh.

»Eine Frage, Val«, setzte er an. »Warum hast du *drei* Kulturbeutel?!«

»Weil ich vier ein bisschen übertrieben fände.«

»Nee, jetzt mal im Ernst!«

Valentin holte tief Luft und erklärte: »Ein Beutel für den normalen Kram, Zahnbürste und so. Einer für die Medikamente, die ich immer griffbereit haben muss, zum Beispiel mein Asthmaspray. Und der dritte ist für die Medikamente, die ich nur im Falle eines Falles brauche. Das wären etwa Kohletabletten.«

Till sah nicht gerade überzeugt aus. Mit den Füßen stieß er sich an der Tür ab, rollte rückwärts in Richtung Fenster und blickte über seine Schulter nach draußen. In einer der Baumkronen hatte sich ein Drachen verfangen, die Schnur war gerissen.

»Mann, ich nehm die Sachen ja nicht nur für mich mit, sondern auch für dich«, argumentierte Valentin.

»Für mich?« Till drehte sich wieder zu seinem Kumpel um. »Ich hab noch nie Kohletabletten geschluckt. Klingt auch nicht gerade gesund …«

Till stoppte neben Valentin und zog wahllos eine weiße Tube aus einem der Beutel.

»Zugsalbe«, las er vor. »Ich habe in meinem ganzen Leben auch noch keinen Zug eingecremt.« So zurückhaltend er in der Schule meistens war, in Gegenwart von Valentin konnte er echt witzig sein. Auch wenn dieser das in dem Moment anders sah.

»Haha«, machte Valentin und schnappte sich die Tube. »Ich lach mich gleich tot. Zugsalbe hat eine durchblutungsfördernde, entzündungshemmende und schmerzlindernde Wirkung. Man nimmt sie zum Beispiel bei einem Furunkel.«

»Bei einem Furunkel? Ich hatte auch noch nie ein Furunkel. Ich habe bis jetzt ja nicht mal gewusst, dass es so was überhaupt gibt.«

Valentin legte die Tube beinahe zärtlich zurück an ihren Platz.

»Dafür hast du ja mich. Und ich wäre dir wirklich sehr

dankbar, wenn du wenigstens diesen einen Beutel hier mitnehmen könntest. Und wenn du mit der Rollerei aufhörst. Davon werde ich ganz nervös.«

Ohne auf eine Antwort zu warten, drückte er Till einen dunkelblauen Kulturbeutel in die Hand. Till wog das Ding in beiden Händen, es war ganz schön schwer.

»Was ist da alles drin?«

»Das Übliche. Nasenspray. Jod. Heftpflaster. Mullbinden. Ein Fieberthermometer –«

»Ein Fieberthermometer?!«

»Ja, Tillmann, ein Fieberthermometer. Ein Gerät zur Bestimmung der Körpertemperatur von 36 bis 44 Grad. Man sollte für alle Eventualitäten gerüstet sein.«

Für alle Eventualitäten. Während Valentin einen Stapel Einweghandschuhe einpackte, sah Till aus dem Fenster zu dem verzweifelt zappelnden Drachen und dachte nach. War es eine Eventualität, dass er und Paula … also, dass es eine Wiederholung dessen geben würden, was auf Davids Party passiert war?! Oder vielleicht sogar eine Fortsetzung?! Wahrscheinlich war es keine Eventualität. Sondern ein Wunschtraum. Und vielleicht noch nicht mal das.

»Okay, Val, ich nehm dein Medizinköfferchen mit.«

Mit Schwung stand Till auf. Er klemmte sich den Beutel unter den Arm und ging zur Tür, um das nahezu keimfreie Zimmer zu verlassen. Wie immer stank es bei Valentin nach einer Überdosis Desinfektionsmittel und wie immer wurde Till davon leicht übel. Außerdem war ihm gerade etwas eingefallen, das er unbedingt noch besorgen musste. Nur für den Fall eines Falles.

»Danke«, rief Valentin ihm hinterher. »Du darfst auch alles benutzen. Bis auf das Thermometer. Hygiene, du weißt schon.«

Aber das hörte Till schon nicht mehr.

Er lief durch das frisch gewischte Treppenhaus ins Erdgeschoss und überlegte. Sollte er zur Drogerie gehen oder doch besser in die Apotheke? Machte das irgendeinen Unterschied, rein qualitativ?

Valentin würde ihm mit Sicherheit zu Letzterem raten. Und so machte Till einen kleinen Zwischenstopp bei der Apotheke am Park. Es war genauso peinlich wie erwartet: Hinter dem Tresen stand eine kleine Apothekerin mit unverhältnismäßig großen Brüsten. Till versuchte, nicht auf ihren Ausschnitt zu starren. Etwas, das ihm sonst nicht besonders schwerfiel, üblicherweise bemerkte er ein üppiges Dekolleté nicht einmal. Er achtete eher auf schöne Nacken, Ohrläppchen und darauf, wie eine Jeans am Hintern saß.

Till sah zu Boden, holte tief Luft – und dann brüllte er los wie ein Hirsch in der Brunft.

Zwar nur ein Wort, das aber umso lauter.

»KONDOME!«

Warum diese Lautstärke? Weil er auf keinen Fall flüstern wollte wie ein verschämter Anfänger. Die Apothekerin zuckte zusammen, als hätte er »Überfall« geschrien, dann versuchte sie, einen professionellen Gesichtsausdruck zu wahren. Aber Till konnte sehen, wie sich ihre Mundwinkel kräuselten.

Vielleicht glaubte sie, sein Biolehrer habe ihn geschickt, um Anschauungsmaterial für den Aufklärungsunterricht zu besorgen. Oder sie dachte, dass er mit den Dingern Wasserbomben machen wollte. Sehr wahrscheinlich würde er genau das letzten Endes auch tun. Als die Apothekerin sich bückte, um eine Packung aus einer der unteren Schubladen zu ziehen, sah Till, dass ihre Jeans zu den gut sitzenden gehörte. Da beschloss er, konsequent bei seiner Lautstärke zu bleiben – damit sie ihn mit etwas Glück einfach nur für schwerhörig oder komplett gehörlos hielt. Tapfer brüllte er »WAS KOSTEN DIE?« und »DANKE« und »SCHÖNEN TAG«. Dabei machte er mit seinen Händen wilde Zeichen in der Luft, die hoffentlich wie echte Gebärden aussahen. Und dann verschwand Till, so schnell er konnte.

24

Am Tag vor der Abreise fand eine letzte, hektische Konferenz statt. Unserer Chefredakteurin war erst jetzt so richtig klar geworden, dass wir fast alle unterwegs sein würden – und das so kurz vor Einsendeschluss für die *Goldene Ente*! Nur Chris und Evi, die schon in die Elfte gingen, blieben hier und hielten die Stellung. Paula drückte ihnen eine panisch zusammengestellte To-do-Liste in die Hand.

Dabei war eigentlich alles längst geplant: Während Miriam P. in Trier fotografierte, was das Zeug hielt, würden wir anderen tagsüber recherchieren und abends in den Stockbetten das Material zu kunstvollen Artikeln verarbeiten. Unser Kommaschwein Daniel würde sie im Anschluss nach Fehlern absuchen. Paula hatte schon ein Internetcafé in der Altstadt ausfindig gemacht. Falls es in der Jugendherberge kein WLAN gab, konnte sie von dort die Texte an die Daheimgebliebenen mailen, die eine Zeitung daraus basteln sollten. Waren wir zurück, mussten wir nur noch gemeinsam einige von den Fotos auswählen, dann konnte das Ding in den Druck.

»Und das muss innerhalb von zwei Tagen passieren«, sagte Paula, die auf einem Filzstift herumkaute. An einer Stelle hatte ihre Lippe etwas Farbe abbekommen. Ich überlegte, sie darauf aufmerksam zu machen, aber es störte sie wahrscheinlich sowieso nicht.

»Sonst verpassen wir die Deadline!«

Paulas helle Wangen waren rot gefleckt, es war nicht zu übersehen, wie nervös das Ganze sie machte. Wie gesagt war sie auf die *Goldene Ente* so wild wie Chris auf schwarzen Kaffee.

»Entspann dich«, sagte er – ausgerechnet derjenige, der ein Nervositäts-Abo hatte. »Wir kriegen das schon hin, was, Leute?«

Wir nickten, sahen dabei aber nicht sehr überzeugt aus. Schlimmer noch: Wir sahen aus, als hätten wir schon verloren, bevor es überhaupt losging! Paulas Zweifel hatten sich auf uns übertragen. So unsicher hatten wir unsere Chefredakteurin noch nie erlebt – Paula hingegen war das Gefühl vertraut. Manchmal fühlte sie sich ähnlich, wenn sie mit Marvin zusammen war.

Evi bückte sich und zog einen Stapel Karten aus ihrer Wolltasche, die aussah wie ein halb geschorenes Schaf und über die Chris und ich schon viele Witze gerissen hatten.

»Meinst du wirklich, jetzt ist eine gute Zeit für eine Partie Mau-Mau?«

Paula sah Evi unter zusammengezogenen Augenbrauen an.

»Das sind *Tarot*-Karten«, sagte Evi. »Die können wir zu unserer Situation befragen.«

»Das heißt, du willst damit wahrsagen?!«

»Das heißt, ich *werde* damit wahrsagen«, gab Evi zurück.

Blitzschnell schnappte Chris sich eine Karte.

»Wahrsagen!«, rief er. »Dann kannst du mir *wahr*scheinlich auch *sagen,* welche Karte ich hier in meiner Hand halte!«

»Nein, Chris, das kann ich nicht«, stöhnte Evi. »Aber wenn du mir die Karte zeigst, verrate ich dir, was sie für dich bedeutet.«

Das ließ er sich nicht zweimal sagen. Chris drehte die Karte um – und erblasste. Auf der Vorderseite prangte ein Skelett in einer Ritterrüstung und sah ganz und gar nicht gut gelaunt aus. *Der Tod* stand darunter. Nicht sehr subtil.

»Oh«, machte Evi.

»Was heißt hier ›Oh‹?«

Chris wirkte mit einem Mal ernsthaft besorgt.

Evi atmete schwer aus.

»Vielleicht sollte ich das mit der Erklärung in dem Fall besser bleiben lassen. Ich … ich will dich nicht unnötig beunruhigen.«

Man traut es ihr nicht zu, weil sie immer von der Kraft des Karmas faselt, aber Evi kann richtig fies sein. Sie warf Chris einen mitleidigen Blick zu und ohne ein weiteres Wort nahm sie ihm die Karte aus der Hand, mischte ein letztes Mal, dann formte sie einen Stapel und legte ihn vor Paula ab. Chris ließ es mit offenem Mund geschehen.

»Da wir wissen wollen, wie es mit unserer Bewerbung für die *Goldene Ente* aussieht«, sagte Evi mit bedeutungsschwerer Stimme, »sollte die Chefredakteurin eine Karte ziehen.«

Sie nickte Paula aufmunternd zu. Die schloss die Augen, griff eine Karte und drehte sie um.

»Wunderbar!« Evis Augen leuchteten auf. »Siehst du, alles in Ordnung! *Der Stern!*«

Ich hätte die Karte eher *Die verrückte Nackte* genannt, denn gezeigt wurde eine unbekleidete Frau, die einen Teich mit Wasser begoss. Richtig gelesen: Die Lady goss Wasser *in* einen Teich. Ich meine, wenn sie Wasser aus dem Teich geschöpft hätte, aber so?! Verrückt. Dass am Himmel über der Nackten ein großer gelber Stern hing, machte mich auch nicht schlauer.

»Was soll das denn bitte für einen Sinn haben?«, fragte ich.

»Die Karte hat viele Bedeutungen«, sagte Evi. »*Der Stern* steht für unsere Hoffnungen, aber auch für alle abgehobenen Wunschträume.«

»Heißt das, wir haben keine Chance gegen die anderen Zeitungen?«, fragte Chris.

»Nein, das habe ich nicht gesagt. Die Karte rät bloß dazu, dass man seinem eigenen Stern folgt.«

»Du bist mein Stern«, sang Mai-Lin im Hintergrund. »Du bist für mich der Sonnenschein. Ob nah, ob fern –«

Daniel stimmte mit ein, aber Evi ließ sich nicht stören.

»Etwas besonders Interessantes sagt *Der Stern* übrigens über die Liebe. Man sollte sich keine trügerischen Hoffnungen machen, denn –«

Paula knallte den Filzstift auf den Tisch und zuckte zusammen, überrascht von der Lautstärke des Geräuschs.

»Sagt die Karte auch was über Beruf und Karriere?«

Evi nickte. »Aber das weiß ich nicht auswendig. Einen Moment.«

Aus ihrem Schaf zog sie ein ebenso kleines wie dickes Buch, das ziemlich mitgenommen aussah. Im gleichen Moment beugte Chris sich über Evi und strich mit der Hand über die Tasche.

»Ähm. Was machst du da?«

»Ich wollte nur gucken, ob es noch lebt.«

»Ja«, sagte Evi. »Natürlich. Aber pass auf: Es beißt.«

Damit schlug sie das Buch auf. Lange musste sie nicht suchen, da hatte sie die richtige Stelle auch schon gefunden.

»Hier steht: *Unkonventionelle Wege werden Sie zum Erfolg führen. Seien Sie dabei stets scharfsinnig, damit Sie auch größere Zusammenhänge erkennen.*«

»Scharfsinnig und unkonventionell«, fasste Paula zusammen. »Okay, ich glaube, das sind wir.« Sie atmete zum ersten Mal tief aus. »Wenigstens soweit es für eine Schülerzeitung möglich ist.«

»Also ist alles in Ordnung«, fasste Daniel zusammen und sah auf die Uhr an der Wand. »Ich müsste jetzt auch langsam mal los. Abendessen. Packen und so.«

»Du hast noch nicht gepackt?!«

Ich konnte es nicht fassen. Daniel schüttelte den Kopf.

»Ich hatte gehofft, wenn ich es lange hinauszögere, kommt meine Mutter vielleicht auf die Idee, das für mich zu tun.«

»Was?«, rief Mai-Lin. »Du packst deine fünf Unterhöschen nicht selbst?«

»Doch«, sagte Daniel. »Muss ich wohl. Außerdem sind es Boxershorts.«

Seufzend griff er seinen Rucksack, auch wir anderen suchten unser Zeug zusammen. Chris hatte es nicht eilig, er tänzelte um Evi herum.

»Die Karte, die ich gezogen habe«, begann er. »Heißt das vielleicht, dass Macchiato stirbt?«

Macchiato war sein Kater.

Evi schüttelte den Kopf und zog ihre Strickjacke an. Auch die hatte, genau wie ihre Tasche, auffallende Ähnlichkeit mit einem Tier. Vielleicht war es ein Set gewesen.

»Mein Opa?«, fragte Chris weiter. »Er hatte gerade eine schlimme Lungenentzündung. Manchmal kommt es da zu Komplikationen –«

Evi schüttelte wieder den Kopf, das Ganze machte ihr offensichtlich großen Spaß.

»Meine Eltern?! Mein Bruder?! Ich?! Evi, jetzt guck nicht so! Sag was! Kannst du nicht meine Hand lesen?«

Hätte jemand anders den Satz gesagt, Chris hätte ihn sofort verbessert: »Es heißt nicht, meine Hand lesen. Es heißt, *aus* meiner Hand lesen.« Aber in Anbetracht des Todes schienen ihn korrekte Formulierungen nicht sonderlich zu interessieren. Chris fuchtelte Evi mit der Hand unter der Nase herum.

»Alles, was ich daraus lese, ist, dass du dir mal wieder die Fingernägel schneiden solltest.«

Chris schob seine Hände in die Hosentaschen.

»Aber ich will mal nicht so sein«, erbarmte Evi sich endlich. »Also, Chris, *Der Tod* bedeutet Abschied. Vielleicht hast du die Karte gezogen, weil die anderen jetzt für eine Woche auf Klassenfahrt gehen. Oder vielleicht, weil du dich von etwas verabschieden wirst, dass du sowieso schon lange loswerden willst. Von deiner Vier in Sport.«

»Es ist eine Drei«, protestierte Chris. »Plus.«

»Oder von deinem vereiterten Backenzahn.«

»Ich habe keinen vereiterten Backenzahn!«

Als Evi schon halb zur Tür heraus war, drehte sie sich noch einmal um.

»Nein?« Sie lächelte. »Dann bleibt wohl nur eines übrig. Bestimmt musst du dich ziemlich bald von deinem Singledasein verabschieden.« Sie zwinkerte ihm zu. Wobei, eigentlich war es ein richtiger Augenaufschlag.

Chris drehte sich zu mir um.

»Hat Evi mir gerade zugezwinkert? Ich glaube, sie hat mir gerade zugezwinkert.«

Ich zuckte mit den Schultern.

»Bestimmt hat sie nur was ins Auge gekriegt.«

— Teil II

UNTERWEGS

25

Es war, wie es auf Klassenfahrten immer ist: Unsere Taschen waren zu groß, der Bus zu klein und der Busfahrer eindeutig zu schlecht gelaunt. Wegen der kahlen Stelle auf seinem Kopf taufte Henning ihn sofort Fleischmütze – noch bevor der Fahrer uns mit einem freundlichen »Das Klo wird übrigens nicht benutzt!« begrüßt hatte. Der zweite Satz, den er ins Bordmikro brüllte, war: »Mit dem Fahrer wird übrigens nicht gesprochen!«, gefolgt von: »Die erste und einzige Pause gibt's übrigens in einer Stunde!«

Doch Fleischmütze hatte seine Rechnung ohne Valentin gemacht. Denn obwohl dieser ganz vorne saß und sich vorsorglich Reisekaugummi eingepackt hatte, wurde ihm schon nach fünfzehn Minuten schlecht. Da waren wir gerade auf die Autobahn aufgefahren. Weil die nächste Raststätte genau wie der nächste Parkplatz noch ein ganzes Stück entfernt war und Fleischmütze nicht einfach auf dem Seitenstreifen halten konnte, wurde die Bordtoilette mit einem Mal eröffnet. Nicht nur für Valentin, sondern für alle.

Vor allem die Mädchen statteten ihr ständig einen Besuch ab. Als wäre da unten ein kleiner Kühlschrank mit Freigetränken versteckt. Um mir die Zeit zu vertreiben, begann ich mit einer Strichliste. Mal sehen, welches Mädchen am häufigsten musste. Bald führte Mia mit stolzen vier Toilettengängen, dicht gefolgt von Eleni, die sich einen kleinen silbernen Beutel unter den Arm geklemmt hatte und sehr wichtig tat. Keine Ahnung, was die da drin machte.

»Entweder, die hat ihre Tage. Oder die kokst«, sagte Baumann neben mir fachmännisch.

»Bestimmt kokst die.« Er drehte den Kopf und schrie quer durch den Bus: »Eleni, hast du dir dein hübsches Näschen gepudert?«

Aber Eleni zeigte ihm nur den Mittelfinger. Baumann grinste und stand auf, um sich hinten im Bus ans Gepäckfach zu hängen. »Die Seele baumeln lassen«, nannte er das allen Ernstes. Ich bin mir sicher, er tat es nur, weil dabei sein T-Shirt nach oben rutschte und die komplette letzte Reihe sein frisch geöltes Sixpack bewundern konnte. Aus allernächster Nähe. Baumann ist der absolute Lehreralbtraum, er kann keine zehn Minuten still sitzen. Aber ich war einfach froh, etwas mehr Platz für mich zu haben, und legte die Füße auf seinen Sitz.

Als wir die – erste und einzige – Raststätte anfuhren, musste natürlich niemand mehr aufs Klo. Abgesehen von Frau Liebich, aber die tat bestimmt nur so, um Fleischmütze einen Gefallen zu tun. Wir anderen trotteten über das platt getrampelte Gras und kickten Müll durch die Gegend. Es war dringend nötig, frische Luft zu schnappen, denn wir hatten uns natürlich längst über unseren Proviant hergemacht – von Paprikachips über Käsebrötchen bis hin zu kalten Chicken-Nuggets war alles dabei –, sodass der Bus zu einer fahrenden Stinkbombe geworden war. Das brachte mich auf die Idee, ein ABC zu erstellen mit all den Dingen, die man auf einer Klassenfahrt unbedingt dabeihaben sollte. *W wie Wunderbaum* notierte ich, aus gegebenem Anlass. Leider waren die an der Raststätte ausverkauft. Ich hätte mir das Ding direkt vor die Nase gehängt.

Als wir wieder eingestiegen waren, fiel mir zum ersten Mal auf, dass wir fein säuberlich getrennt in zwei Gruppen saßen. Auf der linken Seite des Gangs hatte sich meine Klasse breitgemacht, auf der anderen Seite die 10b. Mal angenommen, Fleischmütze würde wegpennen, über den Seitenstreifen brettern und gegen die Leitplanke krachen, wären nur die anderen dran. Okay, genauso gut konnte er natürlich in den Gegenverkehr rasen – was düster für uns wäre. Dann bemerkte ich, dass Paula ganz allein saß. Aber es war kein Niemand-mag-mich-also-bleibe-ich-arme-Wurst-halt-allein-Sitzen. Im Gegenteil, es war ein Abstand des Respekts gegenüber der Älteren, Cooleren.

Wenn Paula nur gewollt hätte, sie hätte sich überall hinsetzen können, neben jeden! (Vielleicht mit Ausnahme von Fleischmütze. Der hätte sofort durch sein Bordmikro getönt: »Neben dem Fahrer wird übrigens nicht gesessen.«) Bestimmt hätte Baumann seine akrobatischen Übungen am liebsten vor Paula vorgeführt. Auch schien David Baker deutliches Interesse an ihr zu haben. Aber das bemerkte Paula nicht. Sie hatte schlicht und einfach etwas Wichtigeres zu tun: Sie zeichnete. Auf ihren Knien lag der Skizzenblock, den sie auch während der nächsten Woche immer bei sich tragen sollte. Ein paarmal bat ich Paula, mich einen Blick auf ihre neuesten Cartoons werfen zu lassen, immerhin waren wir Kollegen, aber sie schüttelte nur den Kopf und schlug den Block zu. Was ganz und gar nicht typisch war. Normalerweise zeigte Paula jede noch so kleine Skizze und nahm Kritik bereitwillig entgegen.

Während der Busfahrt zeichnete sie so konzentriert, dass sie nicht mal mitbekam, wie Till immer wieder in ihre Richtung sah. Ich behielt ihn im Blick und stellte fest, dass irgendetwas an ihm anders war als sonst. Seine Frisur? Nein, wohl eher nicht. Die war nach wie vor nicht vorhanden. Die Klamotten? Till trug Jeans und ein dunkelblaues, verwaschenes T-Shirt. Das konnte es also auch nicht sein. Da schnallte ich es plötzlich: Till versteckte sich nicht hinter seiner Kamera. Man sah mit einem Mal so viel … wie soll ich sagen … so viel Gesicht! Und es stand ihm.

Wenn ihr jetzt vermutet, dass Till die Kamera nach seinem Ausraster wieder im Keller verstaut hat, liegt ihr falsch. Zwar hatte er erst einmal vom Fotografieren die Schnauze voll. Aber wirklich trennen konnte er sich von seiner Leica auch nicht, er hatte sich einfach zu sehr an sie gewöhnt. Deshalb lag das Ding auch in Tills Reisetasche, gut verstaut zwischen Socken, Valentins Kulturbeutel und der Packung Kondome.

Einmal, als Till sich zu Paula umdrehte, trafen sich ihre Blicke. Er sah so schnell zu Boden, dass es verdächtig war. Das war der Moment, in dem ich zum ersten Mal vermutete, dass hier eine Story lauerte! Also, eine *richtige* Geschichte, mit Herz und Schmerz und allem, was sonst so dazugehört. Dazu muss ich sagen, dass ich überzeugt davon war, dass Tillmann Fink bei Paula Josefina Kiesel keine Chance hatte.

Nicht den Hauch einer Chance! Nicht einmal den Hauch des Hauchs einer Chance! Auf jeden Fall war meine Aufmerksamkeit geweckt, der Reporter in mir voll in Alarmbereitschaft. Das konnte spannend werden.

Ich wurde abgelenkt, weil Baumann mir seinen Ellenbogen in die Seite rammte. Offenbar hatte seine Seele genug gebaumelt. Er brauchte Platz, um seine Boxen aufzubauen, schloss sein Smartphone an und schon lief *Cro:* »Bye bye, ich fühl mich so frei frei, ich will nicht mehr heim und mir is scheißegal, was morgen kommt ...« Es dauerte keine zehn Sekunden, und eine Blonde von der anderen Busseite kam rüber und wollte Baumann dazu überreden, mal was von *Rihanna* zu spielen.

»Hab ich nicht«, sagte Baumann nur, ohne aufzusehen. »Aber ich kann hiermit dienen.«

Schon lief ein bescheuerter Schlager, den Baumann bestimmt nur aus einem Grund runtergeladen hatte: um uns damit abzunerven. Busweiter Protest setzte ein. Nur Fleischmütze im Rückspiegel strahlte über beide Ohren. Wenn mich nicht alles täuschte, gab er im Takt der Musik sogar Gas. Als Baumann sich erbarmte und weiterskippte, konnte Fleischmütze es nicht fassen. Mit quietschenden Reifen legte er auf dem Seitenstreifen einen ungeplanten Stopp ein, ich schwöre, mitten auf der Autobahn! Er schritt über den schmalen Gang wie ein Westernheld auf uns zu, blieb vor Baumann stehen und schnappte sich das Handy.

»Konfisziert«, brummte er hinein in die absolute Stille. »Findest du übrigens in einer Woche auf eBay.«

Kaum war Fleischmütze wieder angefahren, schallte uns

der Schlager von Neuem entgegen. Aber dieses Mal aus den Buslautsprechern. Und die waren von überraschend guter Qualität! Man konnte gar nicht anders als zuzuhören. »Kalkutta liegt am Ganges, Paris liegt an der Seine, doch dass ich so verliebt bin, das liegt an Madeleine.« Immer und immer wieder. Kilometer für Kilometer.

Etwas, das wir auf dieser Fahrt gelernt haben: Manchmal ist es das Beste, sich geschlagen zu geben. Nach nicht mehr als zehn Kilometern brüllten wir den Refrain aus vollem Hals mit. Nach zehn weiteren hatten wir den Text umgedichtet: »Kalkutta liegt am Ganges und Trier liegt an der Mosel, doch dass ich so verliebt bin, das liegt an Madeleine.«

Ich gebe zu: Der Reim war damit futsch. Aber etwas anderes war passiert: Der scheiß Schlager war zwar immer noch ein scheiß Schlager, aber er war jetzt *unser* scheiß Schlager. Sogar Paula summte mit. Hin und wieder drehte Fleischmütze die Lautstärke runter, damit nur noch unsere Stimmen zu hören waren. Bestimmt verdrückte der Klein das ein oder andere Tränchen – vor lauter Rührung, dass gerade wir ein lebendiges Beispiel waren für die wundersame Kraft von Musik und Gesang! Schiefe Töne hin oder her! Denn eines kann man nicht abstreiten: Als wir in Trier ankamen, waren wir zu einer Gruppe geworden. Es gab keine 10a mehr und keine 10b, da war nur noch diese dritte Klasse, mit doppelt so vielen Schülern. Die 10m. (M für Madeleine.) Keiner der Lehrer konnte das übersehen – und so entkamen wir Liebichs pädagogischen Gruppendynamik-Spielchen. Ihr habt keine Ahnung, wovon ich spreche? Ihr musstet nie Namen und Bälle in die Luft werfen oder ein Klatschen im Kreis weiterschicken?! Ihr Glücklichen.

26

Was ist die erste Herausforderung, die es auf einer Klassenfahrt zu meistern gilt? Von der Anreise einmal abgesehen? Die Zimmerverteilung. Doch der Klein war ein echter Profi, in kluger Voraussicht hatte er uns das schon zu Hause klären lassen, sodass wir eigentlich nur noch unsere Schlüssel greifen und unsere Betten beziehen mussten. Was für manch einen eine richtige Herausforderung darstellte. Daniel war so ein Kandidat; er dachte doch tatsächlich, man müsse mit dem ganzen Körper im Bezug abtauchen, um die Zipfel der Decke in die richtige Position zu bringen. Nur seine Füße schauten unten noch heraus.

Bei *S* musste unbedingt *Schlafsack* in das Klassenfahrts-ABC. Für alle, die sich beim Beziehen genauso dämlich anstellten wie Daniel.

Mich wunderte, dass Till kein Foto von dem unförmigen Bettdeckengespenst machte. Stattdessen half er Daniel gemeinsam mit Valentin, sein Bett zu beziehen. Wir teilten uns ein Viererzimmer. Till, Valentin, Daniel und ich.

Meiner Meinung nach waren wir eine gute Mischung. Zwar keine, die die Mädchen nach 23 Uhr aus ihren Zimmern locken würde, aber auch keine, die nach Ärger roch. Sehr wahrscheinlich würden wir nachts vor allem eines tun: schlafen. Und das mussten wir auch, da ein Teil von uns nebenbei auf Hochdruck für die WMNW arbeitete. Nur Valentin nervte wie erwartet ein bisschen rum, er bestand darauf, dass das Fenster nachts unter allen Umständen geschlossen blieb. Was bei vier jungen Männern nicht gerade ratsam ist.

»Schiss vor Einbrechern?«, fragte ich.

»Nee«, maulte Valentin und fasste sich an den Nacken. »Ich krieg ziemlich schnell einen Zug.«

»Aber du hast doch extra noch Zugsalbe eingepackt«, meinte Till, woraufhin sein Kumpel ihm ein Kissen an den Kopf warf. Ich hatte keine Lust, mich weiter mit der Mimose herumzuärgern und zuckte mit den Schultern. Wir würden einfach warten, bis Valentin eingepennt war, und dann das Fenster wenigstens einen Spaltbreit öffnen. Dank seiner Lufthansa-Schlafbrille würde er davon sowieso nichts mitkriegen.

Aber so weit waren wir noch nicht, es war gerade mal Zeit für das Mittagessen. Nach einer Portion Spaghetti mit Hackfleischsoße, die überraschenderweise nach Spaghetti mit Hackfleischsoße schmeckte, stand eine Stadtführung auf dem Programm. Eine echt lustige und echt hübsche Geschichtsstudentin, der man nur wünschen kann, dass es sie niemals an eine Schule verschlägt, legte uns die Sehenswürdigkeiten der historischen Altstadt nahe. Ein Stadttor, noch ein Stadttor, die angeblich älteste Brücke Deutschlands und ein Kloster, in dem Sarkophage herumstanden, von denen vor allem Miriam P. ziemlich angetan war. Aber leider hatte sie ihre Digicam in der Jugendherberge vergessen – so entging ihr ein mehr oder weniger grandioses Motiv: Baumann, wie er regungslos und mit andächtig gefalteten Händen auf einem der Steinquader liegt, die Augenlider umgeklappt, sodass man nur die rosa schimmernde Haut sah. Es war offensichtlich, dass er darauf wartete, dass jemand ein Foto schoss. Till stand zwar in der Nähe, aber er regte sich nicht. Was nicht weiter ungewöhnlich war: Ich habe Till nie ein gestelltes Bild machen sehen. Zumindest nicht freiwillig.

»Baumann«, setzte die Liebich an. »Würde es dir etwas ausmachen, von deinem ungewöhnlichen und wahrscheinlich denkmalgeschützten Bett herabzusteigen? Sieht nicht gerade bequem aus.«

»Ist es aber«, widersprach Baumann. »Außerdem bin ich Edward Cullen. Ich bin hier mit Bella verabredet.«

»Oh«, sagte die Liebich und seufzte schwer. »Weißt du es denn noch gar nicht? Bella hat sich für Jacob entschieden.«

»Was?«, rief Baumann, und seine Augenlider klappten wieder in ihre normale Position.

Die Liebich zuckte mit den Schultern.

»Was soll ich sagen? Anscheinend zieht sie üppige Behaarung deiner edlen Blässe vor.«

Und damit griff sie den Möchtegern-Blutsauger bei der Hand und half ihm vom Sarkophag.

Das eigentliche Highlight war aber die Eisdiele am Anfang der Fußgängerzone. Dort gab es Käsekucheneis mit richtigen Käsekuchenstücken, Erdbeereis mit Basilikum und eine Sorte namens Japanische Kirschblüte. Paula war die Einzige, die sich einen Schokoladen-Milchshake kaufte. Mit einem riesigen Pappbecher in der Hand stellte sie sich neben mich in die Sonne – der Herbst meinte es wirklich gut mit uns –, und wir beobachteten, wie Mia und ein paar andere Mädels ein Handyfoto von sich machten. Genau das hatten sie zwei Minuten vorher auch schon getan. Ich verstand immer mehr, warum Paula unbedingt einen richtigen Fotografen wollte: Die Handyfotos sehen immer gleich aus. Selbst die Menschen auf den Fotos sind immer dieselben, weil sich niemand von der Gruppe entfernen muss, um das Foto zu schießen. Der einzige Unterschied: Mal gehört der Arm, der das Handy hält und in Großaufnahme zu sehen ist, dem einen und mal dem anderen.

»Schon irgendwelche konkreten Ideen?«, fragte Paula, ohne mich anzusehen.

»Für die WMNW?«

»Nee. Wie wir den Klein und die Liebich verkuppeln«, sagte sie und saugte lautstark an ihrem Strohhalm.

Paula drehte den Kopf zu mir und hob ihre Sonnenbrille an. »Natürlich für die WMNW!«

»Wir können ein ABC machen mit den Dingen, die auf Klassenfahrt überlebenswichtig sind«, sagte ich. »Von A wie *Aufladegerät* über O wie *Ohrstöpsel* bis hin zu Z wie *Zugsalbe.*« Ich wartete darauf, dass Paula nachfragen würde, wie ich denn bitte schön auf die Salbe käme, aber sie hatte nicht richtig zugehört. Sie guckte an mir vorbei, allerdings nicht mehr zu Mia und den Mädels. Sondern zu Till.

Ich traute meinen Augen kaum. Konnte das wirklich wahr sein?! Das würde gegen die unausgesprochenen Verhaltensregeln an der Marie Curie verstoßen! An oberster Stelle stand: Ältere Schülerinnen hatten sich nicht für jüngere Schüler zu interessieren! Vor allem nicht, wenn sie Paula Josefina Kiesel hießen.

»Bei A passt natürlich auch *Anmachsprüche Komma gute*«, sagte ich, weil ich es mir einfach nicht verkneifen konnte. Paula zog die Augenbrauen hoch wie diese antiken Brückenbögen, die wir gerade besichtigt hatten. (Alle hatten brav ihre Kameras gezückt. Außer Miriam P. und Till. Wenn auch aus verschiedenen Gründen.)

»Oder K wie *Kümmere dich um deinen eigenen Kram.*«

Beschwichtigend hob ich die Hände in die Luft.

»Schon gut, schon gut. Ich halt mich ja raus.«

»Woraus?«, fragte sie und warf ihren Pappbecher in den nächsten Mülleimer. »Es gibt nichts, wo man sich raushalten könnte.«

Der Abend verlief ruhig, von der Fensterdiskussion mit Valentin einmal abgesehen. Wir waren todmüde und vermuteten, dass die Lehrer uns absichtlich einen Umweg nach dem anderen hatten laufen lassen. Denn Google Maps bewies, dass man all die Sehenswürdigkeiten auch in einer sinnvolleren Reihenfolge hätte abhaken können. Wahrscheinlich wollten unsere Aufsichtspersonen, dass wir so erschöpft wie möglich auf unsere harten Jugendherbergsmatratzen fallen würden und direkt einschliefen. Um Punkt 23 Uhr klopfte es an der Tür. Es war der Klein, der seinen Kopf hereinstreckte und »Schlaft gut, Jungs!« murmelte, dann war er auch schon wieder draußen. Er schaute nicht mal unter die Betten, offenbar waren wir die Mühe nicht wert. Das war ziemlich ernüchternd. Wenn nicht einmal der Klein uns unerlaubten weiblichen Besuch zutraute, konnten wir es definitiv vergessen. Ein Fünkchen Hoffnung hatte ich doch gehabt. Bestimmt sah es drüben bei David anders aus. Wie anders, erfuhren wir erst am nächsten Tag.

27

»In der *ersten* Nacht, Herrschaften!«

»Musste das denn sein?«

»In der *ersten* Nacht! Ich muss schon sagen, das ist ein Rekord! Ein Negativrekord!«

»Musste das denn wirklich sein?«

Mitten im Frühstückssaal standen Frau Liebich und Herr Klein und hielten uns eine Standpauke. Ein bisschen erinnerten die beiden an ein Comedy-Duo. Die eine schmollte, war geradezu persönlich enttäuscht, und der andere kochte vor Wut.

»Wenn das noch *ein Mal* vorkommt, Herrschaften! Der Nächste, der so eine Nummer versucht, fährt nach Hause. Und zwar auf eigene Kosten!«

»Wir dachten, wir könnten euch vertrauen.«

Vertrauen. Uns. Die Liebich war echt ein Scherzkeks. Als die beiden sich endlich gesetzt hatten, machten wir uns über die Brötchen her. Zur Auswahl gab es Erdbeermarmelade und Erdbeermarmelade, die laut Valentin mithilfe von Sägespänen hergestellt worden war. Keine Ahnung, ob er das wirklich rausschmecken konnte. Mir verging jedenfalls der Appetit und ich setzte *N* wie *Nutella* in mein Klassenfahrts-ABC. Ist doch wahr: Bei einer ordentlichen Portion Nuss-Nougat-Creme weiß man wenigstens, was man bekommt.

Zu trinken gab es lauwarmen Tee und Kaffee aus riesigen Glaskannen. Die meisten waren zufrieden damit, Barista-Chris wäre jedoch schockiert gewesen. Aber er war ja sowieso zu Hause. Bestimmt warteten Evi und er schon sehnlichst auf unsere ersten Artikel. Wenn sie nichts Besseres zu tun hatten …

Vielleicht war es Zufall, vielleicht auch nicht: Auf jeden Fall hatten Till und Paula nach dem Frühstück gemeinsam Tischdienst. Ich ließ es mir natürlich nicht nehmen, dabei zu sein. Ungefragt schnappte ich mir einen nassen Lappen, eine Weile wischten wir stumm vor uns hin. Kennt ihr das, wenn die Stille immer lauter wird und in den Ohren zu rauschen beginnt wie ein Fluss nach tagelangem Regen? So, dass es kaum noch auszuhalten ist? Als es so weit war, gab Till sich einen Ruck.

»Was war heute Nacht eigentlich los?«, fragte er, ohne Paula anzusehen. »Warum sind der Klein und die Liebich so ausgeflippt?«

Paula winkte genervt ab.

»Wegen einer Bagatelle«, sagte sie. »Der Klein hat bei seiner nächtlichen Runde einen Koffer voller Alk entdeckt. Wie ausgesetzt stand er auf dem Flur, vor Davids Zimmer. Natürlich weiß niemand, wem das Ding gehört.«

»War denn kein Gepäckanhänger dran?«, fragte ich.

Paula und Till sahen mich überrascht an. Als hätten sie erst jetzt bemerkt, dass ich auch da war.

»Was meinst du?«, fragte Paula.

»Na, so ein Anhänger am Koffer. Mit dem Namen des Besitzers drauf.«

»Mit dem Namen des Besitzers drauf …«, wiederholte Paula. Sie blickte zu Till, der blickte zu ihr und dann prusteten sie los. Die beiden kriegten sich kaum noch ein.

»Das wäre ja, als ob man seine Spickzettel unterschreibt!«

»Oder neben ein Graffiti seine Adresse sprayt.«

»Oder bei einem Banküberfall seinen Ausweis zeigt!«

»Mein Name ist Tillmann Fink, wohnhaft in Frankfurt-Bornheim, und jetzt her mit der Kohle!«

Die beiden lachten, als hätten sie soeben die Witze des Jahrtausends gerissen – und als wäre ich ein totaler Volltrottel. Aufkommende Liebe kann grausam sein. Ich warf meinen Lappen in den Eimer und ließ die beiden im Frühstückssaal zurück.

Den halben Tag verbrachten wir damit, auf einem Ausflugsschiff über die Mosel zu schippern. Eigentlich sollten wir den Sightseeing-Hinweisen lauschen, die aus einem alten Lautsprecher krächzten, aber irgendwann fingen wir an, unser Madeleine-Lied zu singen. Als Protestsong gegen den nicht enden wollenden Programmpunkt.

Nur Paula lehnte etwas abseits an der Reling und kaute auf ihrer Unterlippe herum. Das war nie ein gutes Zeichen.

»Alles in Ordnung?«, fragte ich.

Paula spuckte in den Fluss.

»Ich hab sie vorhin gefragt, ob ich schon mal ein paar Fotos sehen kann.«

Typisch Paula. Sie begann einfach so einen Satz, mitten

in ihren Gedanken. Aber ich kombinierte japanischesküchenmesserscharf, um wen es ging: um Miriam P.

»Und?«, fragte ich. »Was hat sie gesagt?« Ich konnte mir schon vorstellen, dass Miriam P. von Paulas Anfrage nicht gerade begeistert gewesen war. Erstens wurde davon nur der Akku der Digicam leer und zweitens konnte man auf die wohlgemeinten Kommentare einer kritischen Chefredakteurin im Zweifelsfall verzichten.

»Es gibt noch gar keine Fotos! Miriam P. hat die Kamera zu Hause liegen lassen.«

»Zu Hause?!«

»In der Jugendherberge. Wie gestern auch schon.«

»Dann ist es doch kein Drama«, versuchte ich Paula zu beruhigen.

Immerhin hatten wir noch ein paar Tage vor uns, da käme sicher genug Material zusammen. Manchmal ist es auch gar nicht gut, eine zu große Auswahl zu haben. Vor allem dann nicht, wenn eine Redaktion aus lauter streitlustigen Individuen besteht, deren Geschmäcker unterschiedlicher nicht sein konnten. Aber Paula wollte sich nicht abregen, also ließ ich sie stehen und drehte eine Runde. Zu entdecken gab es allerdings nichts, denn außer uns war – vom Bilderbuch-Kapitän und der Frau, die überteuerte Snacks verkaufte, einmal abgesehen – niemand an Bord.

In der Zwischenzeit hatte sich unser Lied weiterentwickelt. Jetzt brüllten alle »Kalkutta liegt am Ganges und Trier liegt an der Mosel, doch dass ich so verliebt bin, das liegt an Annerosel«. Keine Ahnung, wer Annerosel sein sollte! Es machte nicht den geringsten Sinn. Vom Singen und der Sonne bekamen wir einen Mordsdurst, und der Klein war so nett, jedem von uns eine Cola zu spendieren. Wir dankten ihm mit einer neuen Zeile. »Frankfurt liegt am Main und Wiesbaden am Rhein, und dass wir so gut drauf sind, das liegt an Herrn Klein.«

28

Am Abend führte Mai-Lin ein langes Interview mit der Herbergsmutter. Dabei fand sie unter anderem heraus, dass Pommes mit Abstand das beliebteste Essen waren, dass es auf jeder Fahrt genau ein inoffizielles Partyzimmer gab und dass es in der zweiten Nacht traditionell am wildesten zuging. Angeblich, weil uns Schülern schon nach einer Nacht alles so vertraut war, dass wir uns quasi im Dunkeln in eben dieses Partyzimmer tasten konnten. Außerdem hatte sich bis dahin nicht zu viel Schlafmangel angesammelt, sodass wir kräftemäßig noch in der Lage waren, durchzumachen. In all diesen Punkten sollte die Herbergsmutter recht behalten.

In der Nacht, gegen zwei Uhr, klopfte es bei Paula. Sie teilte sich ein Zimmer mit Leonie und Franziska, die ihre Zeit vor allem damit verbrachten, Postkarten an ihre Eltern, Großeltern, Tanten, Onkels und Haustiere zu schreiben. Im Ernst, ich habe eine Karte gesehen, die war an ein Meerschweinchen adressiert.

Leonie wachte als Erste auf.

»Es hat geklopft.«

»Einfach ignorieren«, murmelte Paula und zog sich ihr Kissen über den Kopf. Aber da klopfte es schon wieder, und ehe eine der drei aus dem Bett geklettert war, ging die Tür auf. Im Flur stand Nele. Sie war barfuß, trug untenrum eine Skinny-Jeans und oben das mit Schmetterlingen übersähte Oberteil ihres Schlafanzugs. Eigentlich sah sie witzig aus, als hätte man die Körperteile verschiedener Leute zusammenmontiert. Vielleicht könnt ihr euch noch an diese Bilderbücher erinnern, bei denen man durch Umklappen einen Schweinekopf auf einen Pferdehintern setzen kann?

Aber sobald man Neles Blick bemerkte, blieb einem das Lachen im Hals stecken. Ihre Augen waren weit aufgerissen.

»Paula, kannst du mal kommen?«

»Ich schlafe.«

Paula rollte sich auf die Seite, mit dem Blick zur Wand. Dass sie überhaupt mit den Zehnern mitgefahren war, war Zugeständnis genug! Sie tat es für die *Goldene Ente*. Aber mit ihnen auf Stockbetten abhängen und warmes Bier trinken, das würde sie nun wirklich nicht.

»Aber wir … wir brauchen dich drüben.«

»Hör zu, ich habe keine Lust, mitzufeiern.«

»Bei David gibt es ein Problem.«

»Dann soll er kalt duschen.«

»Es geht um Miri«, sagte Nele mit drängender Stimme. »Es ist ein Notfall.«

Im Partyzimmer brannte das gnadenlose Deckenlicht. Die Leute saßen schweigend auf den Betten, einige hatten ihre Knie an die Brust gezogen. Im Bett gleich rechts neben der Tür lag Miriam P. Sie hatte die Augen geschlossen und zitterte.

»Was ist passiert?«, fragte Paula.

»Eigentlich nichts. Wir haben halt Party gemacht.«

»Wahrscheinlich hatte sie einen Shot zu viel.«

»Ich würde eher sagen, sie hatte diverse Shots zu viel.«

Jemand lachte. Paula setzte sich neben Miriam P. auf das Bett, strich ihr die Haare aus dem Gesicht. Der zentimeterdicke Kajal unter ihren Augen war verlaufen.

»Miriam, Miri, möchtest du ein bisschen Wasser trinken?«

Aber sie reagierte nicht. Ihre Augen hielt sie geschlossen, die Lider zuckten. Dann begann Miriam P. mit sich selbst zu reden, seltsames, wirres Zeug, das keiner kapierte.

»Das hat sie vorhin auch schon gemacht.«

»Echt unheimlich«, sagte Baumann. »Wie in *Der Exorzist*.«

Er gab ein Filmzitat zum Besten, das mit »Deine Mutter« begann und mit »in der Hölle« endete.

»Quatsch keinen Scheiß«, fuhr Paula ihn an. »Hilf mir lieber.«

Gemeinsam mit Baumann schleppte Paula Miriam P. in den Waschraum der Mädchen. Sie legte ihr nasse Papiertücher auf die Stirn und versuchte, sie dazu zu überreden, sich einen Finger in den Hals zu stecken. Darauf hatte Miriam P. verständlicherweise keine große Lust. Stattdessen begann sie wieder zu wimmern und merkwürdiges Zeug zu faseln. Nach einer Weile gab Paula auf.

»Das hat keinen Sinn«, sagte sie. »Wir brauchen einen Lehrer.«

»Spinnst du?«, rief Ja.

»Dann sitzen wir morgen alle im Bus nach Hause«, gab ihm sein Bruder recht.

»Und um genau das zu vermeiden, haben wir dich geholt.«

»Mich?« Paulas Augen blitzten gefährlich. »Und was soll *ich* denn bitte schön machen? Ihr den Magen auspumpen?«

Paula wusste selbst, welcher Ruf ihr vorausging. Angeblich konnte keiner so lange feiern wie sie. Das mochte stimmen. Aber mit Alkoholleichen kannte sie sich nicht aus. Paula hatte immer aufgehört, bevor es auch nur annähernd unangenehm wurde. Sie wusste, dass es an der Zeit war, auf Wasser umzusteigen, wenn sie noch längst keine Lust auf Wasser hatte. Es trotzdem zu tun, genau das war die Kunst.

»Wir dachten halt, du hättest eine Idee …«, versuchte Jo es noch einmal.

Paula zog die Augenbrauen nach oben.

»Ich habe ja auch eine Idee: Jemand geht rüber und holt die Liebich. Sofort.«

»Und meine Idee ist: Du gehst wieder in dein Zimmer, legst dich schön in dein Bett und tust so, als hättest du das alles nur geträumt.«

Paula starrte Ja fassungslos an. Oder war es der andere? Sie hatte keine Ahnung, bisher hatte sie sich nicht sonderlich für die Zwillinge interessiert. Und ehrlich gesagt tat sie es auch jetzt nicht.

»Okay«, sagte Paula und hob die Hände in die Luft, als Zeichen dafür, dass sie sich geschlagen gab. Wenn man wollte, dass sie abhaute, dann haute sie eben ab. Aber sie ging geradewegs zum Zimmer von Frau Liebich.

Keine halbe Stunde später war der Krankenwagen da. Miriam P. wurde zwar nicht ins Krankenhaus gebracht. Trotzdem meinten die Sanitäter, es wäre absolut richtig gewesen, sie zu rufen. Nach dem Motto: Lieber einmal zu oft als einmal zu wenig. Am nächsten Tag wurde Miriam P. von ihrem Vater abgeholt. Aber nicht als Strafe, wie Herr Klein betonte: »Denn dann müssten wir das gesamte Zimmer heimschicken!« Sondern weil es ihr immer noch total schlecht ging. Im Ernst, ich habe noch nie jemanden gesehen, der so scheiße aussah wie Miriam P. an diesem Morgen. Ohne die ganze Emoschminke wirkte sie richtig nackt.

Nicht nur für die Sanitäter war Paula die Heldin der Nacht. Auch Miriam P. drückte sie, bevor sie in den Familien-Volvo stieg, so fest an sich, als hätte sie ihr das Leben gerettet. Aber daran, Paula ihre Digicam zu leihen, dachte sie leider nicht.

Kaum war der Volvo abgerauscht, drehte Paula sich zu uns um: »Außerordentliche Redaktionskonferenz«, kündigte sie an. »Jetzt sofort.«

Das war auch nötig. Denn wir standen vor einem Problem, das eigentlich längst gelöst schien: Die WMNW hatte soeben ihre Fotografin verloren.

29

Die erste offizielle Telefonkonferenz der WMNW fand auf Paulas Stockbett statt. Daniel und Mai-Lin saßen am Fußende, Paula und ich am Kopfende. Zwischen uns lag Mai-Lins mintgrünes Smartphone, es hatte die beste Freisprechfunktion. Zu Hause am Festnetz hingen Chris und Evi, die jeden Nachmittag miteinander zu verbringen schienen. Unsere Chefredakteurin gab eine kurze Zusammenfassung dessen, was bisher geschehen war.

»Und sie hat wirklich noch nichts fotografiert?«, fragte Chris. »Noch gar nichts?«

»Nada. Niente. Nothing.«

»Auch nicht auf der Busfahrt?«

»Auch nicht auf der Busfahrt.«

»So ein Mist.«

Im Hintergrund war das Gurgeln einer Kaffeemaschine zu hören. Wie immer, wenn Chris sich aufregte, brauchte er einen Schuss Koffein, wovon er meist nur noch aufgeregter wurde. Evi hingegen war wie üblich die Ruhe selbst, sie gab keinen Mucks von sich. Wahrscheinlich befand sie sich gerade im Kopfstand.

»Und wenn wir doch mit Handyfotos arbeiten?«, schlug Daniel vor.

»Uns bleibt ja wohl kaum was anderes übrig«, meinte Chris.

»Oder wir kaufen so eine Wegwerfkamera.«

»Gibt es die überhaupt noch?«, fragte ich.

Wir diskutierten eine halbe Ewigkeit, bis Paula schließlich genug hatte, vom Bett sprang und sich ans Fenster stellte. Sie blickte nach draußen, in den Garten der Jugendherberge, der trotz der Jahreszeit voller Blüten war. Die Liebich hatte uns die merkwürdigen Namen der Herbstblumen verraten: Goldbecher, Steinbrech und – mein absoluter Favorit – die rosafarbene Fetthenne.

In der Mitte des Gartens lag ein flacher Teich, und dahinter befand sich ein Loch, das alle nur *Rabbit Hole* nannten. Angeblich hatte ein zweiter Teich daraus werden sollen, aber dafür war das Loch sowohl zu klein als auch zu tief. Die Herbergseltern hatten es mit mehreren Rollen Absperrband umständlich gesichert. Manche meinten, das Loch sollte ein Tunnel werden, mit dessen Hilfe die beiden einen Juwelier ausrauben wollten, andere hatten die Theorie, dass die beiden sich ans andere Ende der Welt durchbuddelten, um dort ein Hostel für Backpacker zu eröffnen. Aber noch seltsamer waren die Skulpturen. Verteilt um das Hasenloch standen die rostigen Kunstwerke des Herbergsvaters: zusammengeschweißte Ungetüme aus Metall, eine Art Ufo war darunter, eine Kuh mit Flügeln, eine Monsterfratze und etwas, das gar nichts anderes sein konnte als ein riesiger Penis. Dazu kamen, deutlich weniger verstörend, eine Sonne, ein Stern und noch ein Stern.

»Evi!«, rief Paula plötzlich von der anderen Seite des Zimmers. »Evi, lies doch noch mal meine Karte vor, die *Tarot*-Karte, du weißt schon.«

»Den *Stern*?«, fragte Evi zurück.

»Genau!«

Paula kam zurück, kletterte aufs Bett, griff nach dem Handy und hielt es an ihr Ohr, um auch ja nichts zu verpassen. Eine Weile war nichts zu hören, offenbar suchte Evi nach der richtigen Stelle in ihrem Buch, dann las sie vor.

»*Unkonventionelle Wege werden Sie zum Erfolg führen. Seien Sie dabei stets scharfsinnig, damit Sie auch größere Zusammenhänge erkennen.*«

»Mut zur Unkonventionalität«, wiederholte Paula mit einem Lächeln im Gesicht. »Genau das ist es. Ich weiß jetzt, wie das mit den Fotos doch noch funktionieren könnte.«

Aber sosehr wir sie auch löcherten, Paula rückte nicht raus mit der Sprache. Sie wollte uns einfach nicht verraten, was sie vorhatte.

30

Was Till die ganze Zeit machte? Er hing mit dem vor sich hin kränkelnden Valentin ab, spielte im Keller Tischtennis und warf meiner Chefin bewundernde Blicke zu – aus der Ferne, versteht sich.

Doch das mit der Ferne änderte sich ganz schnell: Am dritten Abend passte Paula ihn vor dem Speisesaal ab, wo wir anderen auf die angekündigten Superpommes warteten. Till zuckte regelrecht zusammen, als Paula plötzlich vor ihm stand. So nah, dass er wieder ihren Filzstiftduft in der Nase hatte. Nur die Ananas fehlte, stellte Till beinahe enttäuscht fest, vielleicht hatte Paula anderes Duschzeug eingepackt.

»Erschreckt?«, fragte sie und grinste.

»Machst du das immer?«, gab Till zurück. »Leuten hinter Ecken auflauern?«

Paula zuckte mit den Schultern.

»Manchmal lauere ich auch hinter Felsen oder Büschen. Der Metallpimmel im Garten ist aber auch ganz gut dafür geeignet.«

Darauf fiel Till nichts Schlagfertiges ein. In dem Moment konnte er an nichts anderes als seinen eigenen Pimmel denken, den er nur äußerst ungern als solchen bezeichnete.

»Ich wüsste echt gern, woran du gerade denkst«, sagte Paula.

»Ich? Warum?«

Paula lachte auf.

»Du guckst gerade so … jämmerlich.«

»Jämmerlich?«

Till verschränkte die Arme vor der Brust.

»Gar nicht«, sagte er und kam sich bescheuert dabei vor, wie ein trotziges Kleinkind. Ein trotziges Kleinkind mit einem jämmerlichen Pimmel.

»Ist ja auch nicht weiter wichtig«, meinte Paula. »Was ich eigentlich fragen wollte: Ich habe dich bisher noch gar nicht mit deiner Leica M –«

»Vier«, half Till ihr auf die Sprünge.

»Mit deiner Leica M4 gesehen«, vervollständigte Paula ihren Satz. »Sag bloß, die hast du zu Hause vergessen?«

Paula spürte, wie sich ihr Körper anspannte. Das war der kritische Punkt. Würde Till jetzt nicken, wäre ihr schöner Plan dahin. Aber eigentlich konnte sie sich das nicht vorstellen.

»Nee«, machte Till nur. »Die hab ich nicht vergessen.«

»Dann hast du sie vielleicht absichtlich zu Hause liegen lassen …«

Paula sah Till direkt in die Augen und im gleichen Moment begann in ihrer Magengegend etwas zu flattern. Sie hoffte, dass das Hunger war – wusste es aber besser. Andererseits machte das Flattern die Sache leichter. Paula legte den Kopf schief und wie von selbst bekam ihre Stimme diesen besonderen Klang.

»… um näher am echten Leben zu sein?«

Wie sie »echtes Leben« betonte! Als habe sie große Lust, Till zu zeigen, dass das mehr war als eine reine Floskel.

»Die Kamera ist in meiner Reisetasche«, erklärte Till und räusperte sich. Er hörte sich künstlich an, wie ein Navigationsgerät. *Wenn möglich, bitte wenden.*

»Und du meinst, das gefällt deiner Leica? So nutzlos herumzuliegen zwischen deiner schmutzigen Wäsche?!«

»Die sammle ich in einer Plastiktüte«, beeilte Till sich zu erklären, nur um sich einen Moment später darüber zu ärgern. Schmutzwäsche. Was ein super Thema. Das machte ihn sicher so richtig attraktiv. Und was ging Paula das überhaupt an? Gar nichts.

»Schade.«

Jetzt war ihre Stimme nicht mehr als ein Hauchen. Till verstand nicht. Was war schade? Dass er seine Schmutzwäsche in eine Plastiktüte warf? Hätte er lieber eine aus Papier nehmen sollen? In Paulas Anwesenheit hatte sein Gehirn deutliche Funktionsstörungen. Ganz im Gegensatz zu einem bestimmten anderen Körperteil. Und jetzt kam Paula noch näher.

»Schade, dass du zurzeit nicht fotografierst. Ich finde, die Leica M4 macht dich interessant. Sie verleiht dir das gewisse Etwas.«

Paula überlegte, ob sie noch sagen sollte, dass er sexy damit aussah. Wie ein Gitarrist mit Plektrum um den Hals. Oder ob das ein bisschen zu viel war, ob sie sich damit verraten würde. Aber was gab es eigentlich zu verraten?

Till stand die Kamera wirklich, auf eine etwas nerdige Art. Paula musste an den Fotografen aus *Blow up* denken. Der war zwar auch seltsam, aber interessant.

Wahrscheinlich kannte Till den Film gar nicht, gerne hätte Paula ihm davon erzählt. Es war immerhin einer ihrer Lieblingsfilme. Aber als sie sah, wie Till an dem Versuch scheiterte, ein Lächeln zu unterdrücken, ließ sie es sein. Besser nicht übertreiben. Außerdem lief ja alles nach Plan: Wenn Paula sich nicht irrte, baumelte die Kamera spätestens in einer Stunde wieder um seinen Hals. Und ob sie es zugeben wollte oder nicht: Paula würde es gefallen.

(Was war das bloß mit ihr und Männern, die sich etwas um den Hals hängten?! Wobei: Auf Neuert, unseren Sportlehrer, stand sie kein bisschen. Trotz obligatorischer Trillerpfeife.)

31

Till packte die Kamera dann doch erst am nächsten Tag aus. Es sollte ein bisschen Zeit vergehen, damit nicht so auffiel, dass er es nur wegen Paula tat. Nicht dass ein falscher Eindruck entsteht: Till war nicht auf den Kopf gefallen, er dachte sich schon, dass Paula es sowieso ahnen würde. Aber was hatte er schon zu verlieren? Wenn er mit dieser Kamera *interessant* aussah, dann würde er sie tragen! Er hätte sich auch eine übrig gebliebene Pommes um den Hals gehängt, Valentins Kulturbeutel oder die Tischtennisplatte aus dem Keller. So einfach war das.

Schon als Till das Leder der Kameratasche berührte, breitete sich ein gutes Gefühl in ihm aus. Ich stand in dem Moment nur ein Stockbett weiter, und als ich sah, wie gedankenversunken Till über die Tasche strich, hatte ich das Gefühl, durch ein Schlüsselloch zu gucken. Die Szene war nicht für Zuschauer gedacht. Sie war nicht pervers oder so, sondern einfach privat.

Till bemerkte in dem Augenblick, wie sehr er an der Leica hing. Zwar hatte er sie wegen eines bescheuerten Irrtums mit sich herumgeschleppt, aber mit der Zeit hatte er sich nicht nur an die Kamera gewöhnt, sondern sie regelrecht lieb gewonnen. Wie man ein Ding halt lieb gewinnen kann, ohne dass man sich Sorgen zu machen braucht.

Letztendlich spielte es keine Rolle, dass Tills Vater nie mit der Leica fotografiert hatte. Auf merkwürdige Weise war sie weiterhin der Gegenstand, der ihn mit seinem Vater verband. Unter uns gesagt: Till hatte auch wirklich keine große Auswahl! Denn es gab kein anderes Erinnerungs- oder vielmehr Verbindungsstück, zumindest nichts, das nur ihm gehörte. Till war also nicht länger traurig darüber, dass sein Vater die Leica wohl nie in seinen Händen gehalten hatte, und irgendwie kann ich es auch nachvollziehen: Es ist wie mit diesen kleinen Eiffeltürmen aus Plastik, die man sich auf den Schreibtisch stellt oder an den Schlüsselbund hängt. Die werden ganz sicher nicht in Paris hergestellt – und auch nicht in Bordeaux oder Toulouse. Trotzdem erinnern sich die Leute damit an ihren Urlaub in der Stadt der Liebe. So ist das mit Symbolen.

An dem Tag fotografierte Till mehr als früher, als habe er den Blick durch die Linse vermisst, als wollte er all die ungeschossenen Fotos nachholen. Er knipste alles Mögliche und alles Unmögliche: die gewöhnungsbedürftigen Skulpturen im Garten, mein Süßigkeitenlager, Valentins Medikamentenlager, den angelaufenen Spiegel im Waschraum, Baumann, der sich drei Brötchen gleichzeitig schmierte, Frau Liebich, die wegen des angekündigten schlechten Wetters einen riesigen gelben Regenschirm auspackte, der wie eine kleine Sonne über ihr schwebte.

Paula wich Till kaum noch von der Seite. Das fiel allen auf, sogar dem Klein und der Liebich, die sich amüsierte Blicke zuwarfen, wann immer die beiden auftauchten.

Unterwegs zur Burg Welschbillig – dem angeblichen Highlight unserer Fahrt –, setzte Paula sich im Bus sogar neben Till. Ich wette, er konnte sein Glück kaum fassen. Er war so durcheinander, dass er doch glatt das Fotografieren vergaß. Und das will was heißen! Das ist, als ob Fleischmütze vergessen hätte, wahllos Verbote auszusprechen.

Till knipste also weder die riesige Kaugummiblase, die in Mias Gesicht zerplatzte, noch das wacklige Lippenstiftherz, das jemand an die Fensterscheibe gemalt hatte. Als Baumann sich zum zehnten Mal an das Gepäckfach hängte, um seine Tarzan-Nummer abzuziehen, und Till nicht auf den Auslöser drückte, hielt Paula es nicht mehr aus.

»Wow«, sagte sie und es klang total übertrieben. »Das ist doch ein Foto wert!«

Aber Till sah nicht mal richtig hin. Er hatte gerade entdeckt, dass Paula ein Grübchen am Kinn hatte, *das* war in seinen Augen ein Foto wert. Davon hätte er gern eine Nahaufnahme gemacht. Aber noch traute er sich nicht. Während der Besichtigung der Burg machte Paula ihn ständig auf Motive aufmerksam und Till dachte sich nichts dabei. Oder wollte sich dabei nichts denken. Die meiste Zeit zeigte Paula auf Dinge, die schon hunderttausend Mal fotografiert worden waren: die schöne Aussicht nach Süden und die schöne Aussicht nach Norden.

All das fotografierte Till brav. Aber er hielt auch das fest, was sonst niemandem auffiel: Nele, die nur so tat, als sei sie an Hennings Schulter einfach so eingeschlafen. Mia und Co, die auf einer alten Bank wie Hühner auf der Stange saßen. Jas und Jos Schatten, die zu einem verschmolzen, der einem Ungeheuer glich. Den Mülleimer voller ungelesener Welschbillig-Prospekte. Wie immer posierte niemand, denn es war ja bloß Till, der die Bilder schoss. Kein Einziger richtete seine Frisur. Kein Einziger machte irgendjemandem Hasenohren, streckte den Mittelfinger oder auch nur die Zunge heraus. Wir alle zeigten uns so, wie wir in dem Moment wirklich waren: diese einmalige Mischung aus aufgekratzt und völlig k.o., wie sie nur auf einer Klassenfahrt entsteht und auch nur dann, wenn man mehrere Nächte mehr oder weniger durchgemacht hatte.

Irgendwann traute Till sich zum ersten Mal, das Objektiv auf Paula zu richten. In ihrem Gesicht veränderte sich etwas. War sie bis eben ganz die busy Chefredakteurin gewesen, mit nach oben gezogenen Augenbrauen, entspannten sich ihre Gesichtszüge mit einem Mal. Paula lachte ihn durch die Linse an, offen und frei. Klick. Till dachte an Davids Party und daran, wie gern er Paula noch einmal küssen würde.

Aber Valentin, der Volltrottel, gab sein Bestes, um die wunderbare Stimmung zu versauen.

»Sie ist vergeben, Mann«, zischte er seinem Freund bei der nächsten Gelegenheit zu. Aber Till zuckte nur mit den Schultern. Das wusste er selbst. Es war verdammt überflüssig, ihn daran zu erinnern, und wahrscheinlich war Valentin sowieso nur angepisst, weil er im Bus allein gesessen hatte. Till kam sich nicht gerade vor wie der beste Freund der Welt, aber in dem Moment hoffte er, dass es auf der Rückfahrt kein bisschen anders sein würde. Seinetwegen sollte Valentin doch zurück laufen! Der nette Till konnte also auch anders. Wobei er letztlich einfach nur nett zu sich selbst war: Und das ist ja nicht das Schlechteste.

32

Ein *Bunter Abend.* Im Ernst, das war es, was die Lehrer am letzten Abend mit uns vorhatten.

»Unsere kleine Reise braucht einen feierlichen Abschluss«, verkündete Frau Liebich beim Frühstück und grinste wie ein Pferd, das zu viel Honigkuchen gegessen hat. In dem Punkt waren wir eigentlich einer Meinung. Das Problem war nur, dass die meisten von uns unter einem feierlichen Abschluss etwas anderes verstanden – und zwar einen feierlichen *Abschuss.*

»Was soll das überhaupt sein, ein *Bunter Abend?*«, fragte David.

»Das ist eine Art Revue, bei der etwas vorgeführt wird«, erklärte der Klein.

»Und zwar von jedem.«

Wir sahen uns an. Keiner von uns konnte was. Mal abgesehen von Jo, der in der Lage war, mit seinen Achseln täuschend echte Furzgeräusche zu machen. Manchmal klatschte Ja im Rhythmus dazu.

»Bitte, tun Sie uns das nicht an!«, rief Nele.

»So was macht man doch nur in der Unterstufe.«

»Oder im Altersheim!«

Da kam der Klein auf die Idee mit dem Quiz. Er würde uns Wissensfragen zur Burg stellen, die wir besichtigt hatten – angeblich waren die Fragen leicht zu beantworten, wenn man während der Führung gut aufgepasst hatte. Und genau das war unser Problem.

»Wenn ihr vier von fünf Antworten wisst, ersparen wir euch den *Bunten Abend.*«

Was blieb uns anderes übrig? Es schien unsere einzige Chance. Der Klein blühte richtig auf, so glücklich sah er sonst nur bei Auftritten mit dem Lehrerchor aus. Er stellte sich auf einen Stuhl, schnappte sich einen Kaffeelöffel als Mikrofon und legte los. Schon die erste Frage war ein echter Killer.

»Wie *heißt* die Burg, die wir besichtigt haben?«

»Welschburg«, sagte jemand.

»Quatsch, irgendwas mit billig«, rief ein anderer, während Baumann den Telefonjoker verlangte.

»Wie lautet eure finale Antwort?«, fragte der Klein.

»Billigburg!«

Herr Klein stand mit offenem Mund da; er wusste nicht, ob er lachen oder weinen sollte. Obwohl einige ihre Smartphones ausgepackt hatten, um nach den Antworten zu recherchieren, versagten wir kläglich. Genauso wenig wie den Namen der Burg wussten wir, wann die Burg gebaut wurde oder von wem und warum – ganz zu schweigen davon, wer sie 1711 zerstörte. Nicht mal Daniel konnte uns retten, angeblich hatte er während der Führung über ein kompliziertes Schachproblem nachgedacht.

So begann der letzte Abend mit einem Furz- und Klatsch-Konzert. Danach machten Mia und Saskia ein paar Judo-Übungen vor, Baumann versuchte sich an einer Comedy-Nummer und Frau Liebich und Herr Klein spielten einen Sketch über ein hartes Frühstücksei vor, den niemand verstand. Zum Schluss stürmte der ganze Rest die Bühne, um den Kalkutta-Song zum Besten zu geben. Denn die Liebich hatte nur gesagt, dass alle auftreten mussten, aber nicht, dass wir es einzeln tun sollten. Damit war der *Bunte Abend* vorzeitig beendet, und wir konnten uns endlich dem widmen, was uns wirklich interessierte: einer Nacht, die noch viel bunter werden sollte.

In der Jugendherberge gab es eine Art Partykeller, in dem alle Klassen an ihrem letzten Abend ein bisschen feiern durften. Betonung auf: ein bisschen. Praktischerweise war der Raum schon geschmückt – nur leider wie für einen Kindergeburtstag. Über der Neonröhre hingen verblasste Luftschlangen, in den Ecken lagen schrumpelige Ballons. Aber es war besser als nichts. Wir nahmen den Raum in Beschlag, indem wir zuerst einmal all unsere Vorräte ausbreiteten, die wir bis jetzt vor unseren Zimmernachbarn versteckt gehalten hatten. Chips, Salzstangen, Gummibärchen und Schokoladenkekse in verschiedensten Ausführungen. Offiziell gab es natürlich keinen Alkohol, aber inoffiziell hatte jemand eine Flasche Apfelschnaps besorgt, die zu gegebener Zeit die Runde machen würde. (Praktischerweise lebte der Kioskbesitzer an der Ecke von Schülern wie uns und hatte bereitwillig beide Augen zugedrückt.) Eine Schwierigkeit stellte nur die unbarmherzige Neonröhre dar. Schaltete man sie an, fühlte man sich wie auf dem OP-Tisch. Schaltete man sie aus, konnte man meinen, die OP sei fatalerweise schiefgegangen und man befände sich schon ein paar Meter unter der Erde …

Ich notierte mir für mein Klassenfahrts-ABC: *L* wie *Lichterketten* und *Leuchtmittel, sanft.* Damit die Spontanparty nicht an der Krankenhausatmosphäre scheitert. Kaum hatten wir die Neonröhre mit roten und orangenfarbenen T-Shirts abgehängt, äußerte Valentin »ernsthafte Bedenken«, wegen der angeblichen Brandgefahr. Er gab erst Ruhe, als Ja und Jo den Feuerlöscher aus dem ersten Stock angeschleppt hatten. Jetzt brauchte Baumann nur noch seine Boxen anzuschließen und die Party konnte beginnen.

Zur Auflockerung spielten wir eine Runde Kippenpäckchen-Saugen, ausnahmsweise kein von David importiertes Spiel, sondern ein bewährter Klassiker: Wir setzten uns im Kreis auf den klebrigen Boden und dann machte ein Zigarettenpäckchen die Runde, das nur mit den Lippen berührt werden durfte. Man musste die Plastikfolie also ordentlich ansaugen, damit das Päckchen nicht runterfiel. Es sei denn, man legte es im geeigneten Moment darauf an … Nachdem Jos spröde Lippen auf Elenis lipglossklebrige geklatscht waren, stand sie auf, um zu tanzen. Ihre Schuhe hatten so hohe Absätze, das einem allein vom Zusehen schwindlig werden konnte. Nach einem großzügigen Schluck Apfelschnaps legten auch Mia und Saskia los und wir anderen sahen einfach nur zu. Manche Mädchen können das, zusammen tanzen, sich antanzen und dabei den Eindruck vermitteln, sie seien ganz allein auf der Welt, dabei kreist die Welt in dem Moment nur um sie. Alles sah so leicht aus, jede Bewegung war voller Sinn, die eine ergab die andere und war genau richtig. Bald hielt Baumann es nicht mehr aus; oberkörperfrei schob er sich dazwischen, Gangnam Style, und damit war es vorbei. Eleni, Mia und Saskia verzogen sich lachend zum improvisierten Buffet, während Baumann auf der Stelle hüpfte und mit den Hüften wackelte, als gäbe es etwas trocken zu schütteln. Irgendjemand filmte ihn und faselte was von Taschengeld aufbessern und YouTube. Aber etwas Gutes hatte Baumanns unaufgeforderte Tanzeinlage doch: Jetzt musste niemandem mehr etwas peinlich sein und bald saß keiner mehr. Es war laut, es war heiß – und es machte jede Menge Spaß. Dass die Schnapsflasche längst mit Leitungswasser aufgefüllt worden war, störte niemanden. In dieser Nacht würden wir nicht mehr nüchtern werden, egal, was wir tranken. Unser Entschluss dazu reichte aus. Nur die Lehrerköpfe, die alle halbe Stunde zur Tür hereingesteckt wurden, störten ein wenig, und wir versuchten, sie so gut es ging zu ignorieren. Ich behaupte mal, dass nur zwei wirklich nichts davon mitkriegten, weil sie nämlich nur Augen für sich hatten: Till und Paula.

Irgendwann waren die beiden verschwunden. Es lief genau so, wie diese Dinge immer laufen:

Person A: »Sag mal, findest du die Luft hier drin auch so schlecht?«

Person B: »Ja, total stickig.«

Person A: »Ich glaube, ich muss mal kurz raus.«

Person B: »Wollte ich auch gerade …«

Manchmal kommt es dabei auch zu Komplikationen. Zum Beispiel, wenn sich Person C einmischt und vorschlägt, einfach mal kurz das Fenster zu öffnen. Noch blöder ist es, wenn

Person C ein genauso starkes Bedürfnis nach frischer Luft verspürt und beschließt, einfach mitzukommen. Aber in diesem Fall gab es glücklicherweise weder ein Fenster, das man hätte öffnen können, noch eine Person C. Nur eine leicht eifersüchtige Person V und die war ausnahmsweise mit anderen Dingen beschäftigt. Denn um die Lautstärke der Musik regeln zu können und dadurch der Gefahr eines Tinnitus zu entgehen, hatte Valentin sich zum DJ ernannt und musste einen Musikwunsch nach dem anderen erfüllen.

33

Till und Paula saßen am Teich im Garten der Jugendherberge. Vor ihnen befanden sich große, rostige Sterne aus Metall und über ihnen noch viel größere aus Gas und Plasma, die aber winzig klein aussahen. Gedämpft war die Musik aus dem Partykeller zu hören, nicht mehr als belangloses Rauschen von einem anderen Planeten.

Was an dieser Stelle im Kino zu sehen wäre, ist klar: zwei Münder in Nahaufnahme, die langsam, aber sicher zu einem Mund werden. Das heißt, wenn es sich bei dem Film um eine dieser romantischen Komödien handelt. Es gibt natürlich auch die Art Film, bei der man sich die Küsserei ganz spart und gleich die Klamotten von schweißnassen Leibern gerissen werden. Oder die Filme, bei denen ein Typ mit einer Axt hinter dem nichts ahnenden Pärchen auftaucht.

Aber nichts dergleichen geschah. Vorerst gab es also keinen Kuss, keinen Freiluftsex und auch keinen blutigen Axtmord. Nein, Paula und Till redeten und redeten. Aber nicht über die Sterne, was passend gewesen wäre, oder über die kühle Luft, was zu einem Aneinanderrücken geführt hätte und vielleicht sogar zu einem Den-Arm-um-den-anderen-Legen. Nein, die beiden redeten über Tills Vater. Ausgerechnet über die Person, über die sonst nie gesprochen wurde.

Paula fiel auf, wie behutsam Till die Kamera neben sich auf den Boden legte – beinahe wie ein rohes Ei. Ein rohes, eckig geratenes Straußenei.

»Das Ding –« Paula machte eine kurze Pause, um sich zu erinnern. »Ich meine, die Leica ist dir echt wichtig, oder?«

Till nickte nur.

»Hast du sie geschenkt bekommen?«

Till hob die Kamera auf, drehte sie prüfend in den Händen wie etwas, das er zum ersten Mal sah und vielleicht kaufen würde. Er schüttelte den Kopf.

»Die gehört mir gar nicht.«

»Was?« Paula lachte auf. »Sag bloß, die hast du geklaut? Bei Media Markt oder in einem Laden für Antiquitäten? Machst du das öfters? Kann ich mal mitkommen?«

»Die Leica gehört meinem Opa. Der ist allerdings schon tot.«

»Dann gehört sie ihm auch nicht mehr.«

Paula trug ein grünes Langarmshirt. Der Ausschnitt war so breit gezogen, dass der Stoff nur eine ihrer Schultern bedeckte. Mal die linke, mal die rechte. Till fand, dass es scharf aussah, auf die lässige Art. Gerne hätte er Paula gefragt, ob ihr nicht kalt war.

Es schien das zu sein, was man in einer solchen Situation fragte. Aber er saß ja selbst nur im T-Shirt hier und ihm war verdammt warm.

»Wem hat dein Opa die Kamera denn vererbt?«, wollte Paula wissen.

Till zuckte mit den Schultern.

»Keine Ahnung. Spielt auch keine Rolle. Wichtig ist nur, dass ich Trottel bis vor Kurzem noch dachte, die Kamera hätte meinem Vater gehört.«

»A-ha«, machte Paula. »Und das ist wichtig, weil …?!«

Till strich über das verchromte Gehäuse der Kamera und sprach weiter, ohne auf Paulas Frage einzugehen.

»Ich hab die Leica bei uns im Keller gefunden und sie irrsinnigerweise für ein Überbleibsel meines Vaters gehalten.«

»Überbleibsel?« Paula zögerte, das kam selten vor. »Ist dein Vater denn … ich meine, ist er – ?«

Till legte die Kamera wieder zur Seite, dieses Mal nicht ganz so vorsichtig.

»Du meinst, ob er tot ist? Nee, der ist nicht tot. Zumindest nicht dass ich wüsste.« Till holte Luft. »Die Sache ist die: Ich hab ihn nie kennengelernt. Er ist noch vor meiner Geburt nach Australien gezogen.«

»Und seitdem war er nicht mehr hier?«

Till schüttelte wieder den Kopf.

»Schade, dass noch niemand Flugzeuge erfunden hat«, meinte Paula. Aus ihrem Mund klang Ironisches gar nicht mal so schlecht.

»Vielleicht war er auch zwischendurch mal hier«, sagte Till, es sollte beiläufig klingen. »Nur dann hat er sich nicht bei mir gemeldet.«

»So ein Arschloch.«

»Vielleicht kann er da ja gar nicht weg.«

Paula schnaubte.

»Weil er im Knast sitzt, oder was?«

»Vielleicht hat er Kinder, auf die er aufpassen muss.«

»Dann hättest du Halbgeschwister, von denen du nichts weißt. Obwohl sie vielleicht nett sind und du mit ihnen jede Menge Spaß haben könntest. Stell dir das mal vor: Damit könntest du sogar David toppen! Braun gebrannte Halbgeschwister in Australien! Das ist doch eindeutig besser als ein zahnloser Opa in Kalifornien.«

Till lächelte.

»Stimmt.«

»Daraus folgt leider: Der Typ ist ein Arschloch.«

»Zumindest in *dieser* Hinsicht«, sagte Till.

»Ja, verdammt«, sagte Paula. »Zumindest in dieser Hinsicht. Und wenn mich nicht alles täuscht, ist das auch die einzige Hinsicht, um die es hier geht. Er hat dich alleingelassen. Das ist eine klassische Arschloch-Aktion.«

Till musste wieder lächeln, obwohl das, was Paula da sagte, eigentlich gar nicht so witzig war. Vielleicht lächelte er auch deshalb: Till fühlte sich erleichtert, weil die Wut, die er mit sich herumtrug, endlich in Worte gefasst wurde. Wenn auch durch jemand anderen als ihn selbst.

Er sah Paula von der Seite an. Sie hatte ein schönes Profil, eine kleine Stupsnase.

»Klingt so, als würdest du dich damit auskennen.«

»Womit?«

»Mit Arschloch-Aktionen.«

Paula bließ die Backen auf.

»Natürlich! Ich hab sie erfunden!«

Aber sie war nicht so unbeschwert, wie sie tat. In Gedanken fügte sie hinzu: Du hältst das für einen Witz, aber es stimmt.

Und wenn du wüsstest, was ich hier vorhabe, würdest du das auch so sehen.

»Wenigstens hast du keinen Sohn am anderen Ende der Welt sitzen lassen.«

»Noch nicht!«

Till lachte.

»Warum lachst du?«

»Weil du recht hast. Mit allem.«

Entschlossen hängte Till sich die Kamera um den Hals und stand auf. Paula griff nach dem Stoff seiner Jeans, sah an ihm hoch.

»Hey, wo willst du denn hin?«

»Ich muss jemandem am anderen Ende der Welt etwas Wichtiges sagen«, murmelte Till und fasste nach ihrer Hand, um sie sanft zu lösen. Für Paula ging das zu schnell; kaum war seine Hand weg, merkte sie, dass sie ihr fehlte. Überrascht sah sie Till hinterher, wie er durch den Garten stapfte, zwischen den Metallsternen hindurch, am rostigen Pferdekopf vorbei. Erst am *Rabbit Hole* blieb er stehen. Till schlüpfte zwischen den Absperrbändern hindurch.

»Hey, mach keinen Scheiß!«, rief Paula und rannte hinterher. »Kein Mensch weiß, wie tief das scheiß Loch ist!«

»Ich weiß«, rief Till zurück. »Das ist ja das Gute.« Er legte sich auf die Wiese, robbte vor bis an den Rand. Er atmete ein paarmal tief ein, und dann schrie er, so laut er konnte – und der Brunftschrei in der Apotheke war nichts dagegen.

»ARSCHLOCH!«, brüllte er, und seine Stimme überschlug sich beinahe. »Du bist ein verdammtes Arschloch!«

Paula, die sich mit einem Sicherheitsabstand neben Till in

das feuchte Gras gesetzt hatte, legte eine Hand auf seinen Rücken. Sie spürte sein Schulterblatt, konnte fühlen, wie sein warmer Körper bebte, und wäre am liebsten ganz nah an ihn gerutscht.

»Asshole«, sagte sie leise.

»Was?«

Till drehte den Kopf, blickte Paula irritiert an. Wie ihre Augen leuchteten.

»Versuch's mal mit asshole. Nur für den Fall, dass er kein Deutsch mehr kann. Ich meine, wenn er schon so lange da unten ist.«

»Asshole«, rief Till, er klang heiser. »Verdammtes asshole!«

Er machte eine Pause, um Luft zu holen.

»Was heißt *verdammt* auf Englisch?«

Paula zuckte mit den Schultern.

»Bin wegen Englisch sitzen geblieben. Unter anderem.«

»Egal«, sagte Till grinsend. »Arschloch schreit sich sowieso besser. Wahrscheinlich wegen dem sch.«

»Echt? Das muss ich ausprobieren!«

Jetzt tat Paula es doch: Sie legte sich neben Till auf die Wiese. So dicht, dass kein Grashalm zwischen sie passte, so dicht, dass sie wieder das Kribbeln spürte. Dann schrien sie zusammen. Till ließ die Wut auf einen Unbekannten heraus, der ihn enttäuscht hatte, indem er genau das war – unbekannt. Und Paula schrie, weil Schreien manchmal einfach guttut, und vielleicht auch, weil sie immer noch in dieser Beziehung zu Marvin steckte, die genau genommen längst keine mehr war und die sie deshalb sehr wahrscheinlich auch beenden würde, sobald sie zu Hause ankäme. Genau das hatte sie vor weniger als fünf Minuten beschlossen. Marija würde ihr gratulieren, alle anderen würden denken, die Klassenfahrt sei ihr nicht bekommen, sie sei mitten in Trier verrückt geworden.

Till und Paula verstummten gleichzeitig. Die plötzliche Stille war seltsam; es schien stiller als vorher zu sein. Dieses Mal war da kein Rauschen, das sie zwang, irgendetwas zu sagen. Auf einmal waren Wörter unwichtig. Ein Auto fuhr vorbei, die Scheinwerfer glitten über den Garten und die eigenwilligen Kunstwerke, die darin verteilt waren.

»Später hätte ich auch gern mal so einen Garten«, sagte Till nach einer Weile.

»Mit Skulpturen, die ein Fall für den Psychiater sind?«

»Nee. Mit so vielen Blumen. Einen Garten, in dem immer was blüht. Egal, was für eine Jahreszeit gerade ist.«

Paula nickte.

»Wir können zusammenziehen«, sagte sie. »Das gefällt mir. Wenn auch im tiefsten Winter was blüht!«

»Irgendwo ist immer Sommer«, gab Till zurück und dachte: zum Beispiel in Australien.

»Autsch«, machte Paula. »Das klingt ja wie ein Spruch aus dem Poesiealbum. *Mach es wie die Sonnenuhr, zähl die schönen Stunden nur.*«

Till grinste.

»Sei höflich und bescheiden, dann mag dich jeder leiden.«

»Schrecklich!«, rief Paula begeistert. »Genau wie der hier: *Sei brav wie ein Engel, dann hat man dich lieb. Denk oft an den Bengel, der dieses hier schrieb.*«

»Der ist doch eigentlich ganz lustig«, meinte Till. Er überlegte, dann fiel ihm noch ein Spruch ein. *»Ich hab mich hinten* *angewurzelt, dass niemand aus dem Album purzelt«*, begann er und stoppte, als müsse er überlegen, wie es weitergeht. Erst nach einer Weile fügte er hinzu: *»Und wer dich lieber mag als ich, der schreibe bitte hinter mich.«*

Da war sie wieder, die Stille.

Dann machte Paula: »Pff. Das reimt sich ja gar nicht.«

»Klar reimt sich das«, protestierte Till. *»Und wer dich lieber mag als ich, der schreibe bitte hinter mich.«*

Als er den letzten Vers wiederholte, blickte er der verstummten Paula genau in die Augen. Sie sah nicht weg.

»Wenn du das sagst –«

Till nickte. »Das sage ich.«

Da hielt er ihren Blick schon nicht mehr aus.

»Ich muss mal pinkeln.«

Till stand auf und war erst ein paar Schritte gegangen, da kam er wieder zurück und drückte Paula die Leica in die Hand.

»Pass mal kurz drauf auf, ja?«

Paula blickte Till hinterher. Als er zwischen den Sträuchern verschwunden war, führte sie die Kamera zu ihrem Gesicht, hielt sie gegen ihre Wange. Das verchromte Gehäuse fühlte sich überraschend kühl an und mit einem Mal fiel Paula wieder ihr Plan ein. Jetzt war der geeignete Moment, um ihn zu vollenden. Jetzt oder nie. Paula spulte den Film eilig zurück, sie hatte Till oft genug dabei zugesehen und wusste, wie es ging. Was sie jedoch nicht wusste, war, ob sie das Richtige tat.

Noch immer würde sie lautstark behaupten, dass die *Goldene Ente* der eigentliche Grund war, weshalb sie Till nicht mehr von der Seite gewichen war. Aber langsam vermutete sie, dass sich zum eigentlichen Grund ein uneigentlicher

Grund gemischt hatte. Trotzdem hielt Paula an ihrem Plan fest; sie drehte die Kamera, um das Filmfach zu öffnen. Es klemmte. Paula fluchte leise, ließ die Sträucher nicht aus den Augen und versuchte es noch einmal. Da ließ sich der Verschluss mit einem Mal drehen. Paula öffnete das Fach und schob den Film tief in ihre Hosentasche.

Dabei sagte sie ein letztes Mal leise »Arschloch« – und meinte damit wohl sich selbst.

— Teil III

ZU HAUSE

34

»Und, wie war's?«

Hier waren wir also wieder, in unserem viel zu kleinen Redaktionsraum, und wurden langsam, aber sicher high von den Reinigungsmitteln des Putzblitz'. Ehrlich, ich hatte den Geruch fast schon vermisst. Home sweet home.

»Los, raus mit der Sprache«, verlangte Chris und goss sich Kaffee nach. Auf der Tasse prangte ein Smiley mit blauem Auge und Pflaster auf der Stirn, *Don't worry,* stand darunter.

»Wie war es in Trier?«

»Gut«, sagte ich.

»Super«, sagte Mai-Lin.

»Der absolute Wahnsinn«, sagte Daniel.

Wir sahen uns an.

»Eigentlich war es so, wie Klassenfahrten immer sind. Das offizielle Programm war scheiße. Das inoffizielle hingegen ziemlich unterhaltsam.«

Evi nickte, ganz so, als hätte sie das dank der Wahrsagekugel in ihrer Tasche sowieso schon gewusst. Vielleicht hatte sie in der letzten Woche zur Abwechslung aber auch Kaffeesatz gelesen – irgendetwas sagte mir, dass sie dazu besonders viel

Gelegenheit gehabt hatte: Sie und unser Koffeinjunkie verstanden sich besser denn je, sie saßen sogar nebeneinander. An Chris' Hals leuchtete ein kleiner roter Fleck. »Die Artikel, die ihr uns gemailt habt, sind auf jeden Fall genial«, meinte Evi. »Einfach nur genial.«

Sie breitete die Druckfahnen vor uns aus, damit wir noch ein letztes Mal drüberschauen konnten. Dann lasen wir uns nacheinander unsere Texte vor. Als ich mit meinem *Survival-ABC* für Klassenfahrten an der Reihe war, musste ich ständig unterbrechen, weil die anderen laut lachten. Aber auch die übrigen Texte hatten es in sich: Mai-Lins Interview mit der Herbergsmom war richtig interessant, und Daniel hatte es geschafft, in einer vermeintlich langweiligen Abhandlung über das historische Trier an die tausend *Herr der Ringe*-Anspielungen unterzubringen. So wurde Rheinland-Pfalz zu Mittelerde, wo Fleischmütze als missmutiger Ork sein Unwesen trieb. Auch Paulas Cartoons waren wie immer zum Brüllen. Apropos, wo steckte unsere Chefredakteurin eigentlich? Ich sah auf. »Weiß jemand was von Paula?«

Chris nickte und hielt sein Handy in die Luft.

»Hab gerade eine Nachricht von ihr bekommen. Sie holt noch schnell die Fotos ab.«

Zufrieden versenkten wir uns wieder in unsere Texte. Zu dem Zeitpunkt hatten wir zwar keine Ahnung, wo sie welche Fotos abholen würde, aber das konnte uns egal sein. Denn auch wenn sie mit ihrer Geheimniskrämerei nerven konnte, stand eines fest: Auf Paula war Verlass. Sie hatte gesagt, sie würde das mit den Fotos regeln – also würde sie das auch tun. Außerdem gab keinen Zweifel: Wenn man hier und da noch ein Bild dazwischenschob, war uns die *Goldene Ente* so gut wie sicher. Die Babys von der Kästnerschule würden wir meilenweit hinter uns lassen, sollten die mal schön über ihren Morgenkreis schreiben oder darüber, wie schwierig es war, das kleine Einmaleins zu lernen.

35

Auf dem Weg zur Drogerie fühlte sich Paula wie ein Kind an Weihnachten, das gleich ins Wohnzimmer gerufen wird und endlich den Christbaum sehen darf – mit all den bunt eingepackten Geschenken darunter. Es war gut, dass Marija dabei war, sie hielt Paula mehr als einmal an ihrem Mantel zurück und rettete sie davor, überfahren zu werden. Andererseits mussten sie wegen Marija einen nervigen Zwischenstopp am Kiosk einlegen, da sie sich mit ihrer Monatsration Zeitschriften eindecken wollte.

Erst im Geschäft ließ sie Paula aus den Augen, die sofort ganz nach hinten lief, in die Fotoecke mit den alphabetisch geordneten Tüten. Treffsicher griff sie nach ihrer. An ein Regal mit Staubwedeln gelehnt, löste sie den Klebstreifen von der Tüte und nahm die Bilder heraus. Paula erstarrte. Wie ein kleines Mädchen, das gerade erfahren hat, dass es das Christkind nicht gibt.

Schon die ersten Fotos waren absoluter Mist. Völlig unbrauchbar. Unscharf, verwackelt und verschwommen. Überall leuchteten ihr Lichtpunkte entgegen. Einige Bilder waren sogar doppelt belichtet. Paula biss sich auf die Lippe. Das konnte, nein, das *durfte* nicht sein! Ohne überhaupt alle angesehen zu haben, schob Paula die Fotos zurück in die Tüte und wollte sie einfach so zurücklegen. Eines stand fest: Für solche Schrottbilder würde sie nie im Leben Geld ausgeben. Nicht einen Cent.

»Zeig mal!«

Marija klemmte sich ihre Zeitschriften zwischen die Beine und nahm ihrer Freundin die Tüte aus der Hand.

»Vergiss es«, murmelte Paula. Mit der Zunge fuhr sie sich über die Unterlippe: Sie hatte so fest zugebissen, dass es blutete.

»Die sind alle scheiße.«

Aber Marija ließ sich nicht beirren, sie schnappte sich die Fotos.

»Lass uns einfach abhauen«, stöhnte Paula. Sie wollte gehen. Sofort.

Da ließ Marija ein Jauchzen vernehmen.

»Die Bilder sind doch der absolute Hammer!«, rief sie.

»Verarschen kann ich mich selbst«, gab Paula zurück.

Aber aus dem Augenwinkel sah sie, wie sich Marijas Nase kräuselte. Das tat sie sonst nur, wenn sie sich freute. Und zwar so richtig.

»Hier, guck dir das an.«

Wahllos schlug Marija eine der Zeitschriften auf. Zu sehen waren perfekte Menschen in perfekt geschnittenen Klamotten, sie saßen auf perfekten Möbelstücken in perfekt eingerichteten Wohnungen. Scheinbar lebten sie in einer perfekten Welt, die zu allem Überfluss auch noch perfekt ausgeleuchtet war.

»Schön, aber langweilig«, stellte Marija fest. »Und vor allem: total unrealistisch.«

Sie hielt Paula eines von Tills Fotos vors Gesicht.

»Und jetzt guck dir das an!«

Paula strengte sich an, kniff die Augen zusammen. Sie wollte entdecken, was Marija entdeckt hatte. Es dauerte einen Moment, ehe sie überhaupt kapierte, was auf dem Bild zu sehen war: die Nahaufnahme eines Ohrs, in dem ein Kopfhörer steckte, das weiße Kabel kringelte sich zum Fragezeichen.

»Das ist total unscharf!«

»Genau das ist es doch, was Musik mit einem macht!«, rief Marija.

Stimmt, dachte Paula. Mit dem richtigen Song im Ohr nimmt man seine Umgebung diffus wahr, wie durch einen Schleier. Für ein paar Minuten taucht man ab in eine andere Welt. Wobei es auf die Musik ankommt. Es gibt auch Lieder, die einen alles schärfer sehen lassen, sozusagen HD für die Ohren. Und alle anderen fragen sich, was in dem Moment in einem vorgeht. Dafür stand das fragezeichenförmige Kabel.

»Oder das hier, das ist doch auch total gut.«

Marija zeigte ihr ein Foto, auf dem drei Köpfe zu sehen waren. Drei Hinterköpfe, um genau zu sein, von drei Jungs, die sich vor dem einzigen Spiegel im Waschraum drängten, um sich die Haare zu stylen oder die Zähne zu putzen. Das Bild war viel zu dunkel, aber eigentlich machte es das Ganze nur geheimnisvoller. Wenn man das Foto anschaute, wünschte man sich, jemand würde das Licht anschalten und die Jungs würden sich umdrehen.

Paula wurde klar, was Tills eigentliche Kunst ausmachte: Es war nicht das Handwerk, die Technik des Fotografierens. Davon hatte er so was von keine Ahnung! Aber er sah genau hin, entdeckte das Besondere im Alltäglichen. Alle Motive hingegen, die sie Till vorgeschlagen hatte, konnte man vergessen! Diese Fotos waren stinklangweilig.

Plötzlich musste Paula wieder an Weihnachten denken. Sie saß unter dem geschmückten Baum, in einem Berg von Geschenkpapier. Zwar hatte sie nicht das bekommen, was sie sich wünschte – aber dafür etwas, von dem sie bis jetzt nicht einmal gewusst hatte, dass es überhaupt existierte! Es war etwas, das sonst niemand hatte. Und niemand erwarten würde. Erst recht keine Jury.

Paula umarmte ihre Freundin. Marija hatte recht. Die Fotos waren der absolute Hammer! Sie wollten lange angeguckt werden. Waren eigenwillig. Anders. Rätselhaft. So wie sie sich selbst manchmal ein Rätsel war.

Die Stadt spielte auf einer Klassenfahrt keine Rolle, sie hätten auch nach Buxtehude fahren können oder ein paar Stationen mit der S-Bahn nach Offenbach. Deshalb *mussten* die Brücke, die Porta Nigra und all die alten Häuser unscharf sein! Trier war nicht mehr als eine hübsche Kulisse für das, worum es ihnen eigentlich ging, worum es allen Schülern auf allen Klassenfahrten immer geht. Es war etwas, das nicht leicht in Worte zu fassen war. Aber auf den Fotos wurde es deutlich. In ihrem Kopf begann Paula, das Editorial für die Ausgabe der WMNW zu schreiben: *Die Fotos zeigen, wie wir wirklich sind* – nein, viel zu pathetisch – *wie wir sein können* – oder – *wie wir die Welt sehen?!* Egal, ihr würde schon was einfallen.

Paula ging schnell noch einmal die ersten Fotos durch. Zu Hause, in Ruhe, würde sie sich dann den Rest ansehen.

Eines war jedenfalls so gut wie sicher: Wenn die Jury nicht

nur Verstand, sondern auch Witz hatte, konnte man mit diesen Fotos gewinnen. Jedes von ihnen war ein Suchbild, erzählte eine Geschichte, dazu brauchte es eigentlich keinen begleitenden Text, ja wahrscheinlich nicht einmal eine Bildunterschrift. Die Fotos allein verrieten einem geduldigen Betrachter so viel. Von den Bildern, auf denen ein Motiv leicht versetzt gleich zweimal zu sehen war, blickte Paula der Rausch entgegen, der nicht nur etwas mit dem geschmuggelten Alkohol zu tun hatte, sondern mit dieser fiebrigen Aufregung, die nur dann entsteht, wenn keine Erziehungsberechtigten in der Nähe sind.

Auf den unscharfen Bildern erkannte sie die Unsicherheit und Orientierungslosigkeit, die nicht bloß mit der fremden Stadt zu tun hatte, sondern mit dem Leben selbst. Und die Bilder, die verwackelt waren, standen für unsere Ungeduld, den Aufbruch.

Dann schaute Paula mit einem Mal in Tills dunkle Augen. Gegen Ende des Films hatte er ein Selbstporträt gemacht und die Leica nah an sein Gesicht gehalten. So nah, dass sein Mund nicht zu sehen war, nur diese tiefbraunen Augen und die Stelle dazwischen, mit einer tiefen Falte. Es war fast, als sähe er Paula direkt an, um zu fragen: Was machst du da?

36

Till hielt einen Moment inne, um die Kühle zu genießen, die von der Gefriertruhe aufstieg. Dann griff er zwei Capri, klappte den Deckel wieder zu und ging zur Kasse, wo seine Mutter bezahlte. Sie hatten es also geschafft: Direkt nach seiner Rückkehr von unserer Klassenfahrt waren sie tatsächlich zur Tankstelle gegangen, um zusammen ein Eis zu essen. Wie früher. Nicht mal ausgepackt hatte er, nur die verknipsten Filme auf seinem Schreibtisch aufgereiht. Dabei fiel ihm wieder auf, dass er offenbar einen Film verloren hatte. Als Till auf der Rückfahrt den Film hatte wechseln wollen, war das Fach leer gewesen. Hatte er ihn schon rausgenommen? Und in der Reisetasche verstaut? Beim besten Willen konnte Till sich nicht mehr an alles erinnern, was in der Nacht geschehen war. Musste an Paula liegen.

Till riss das Papier auf und leckte die kleinen Eiskristalle ab. Es störte ihn nicht, dass es mittlerweile deutlich kälter geworden war und sie eher einen heißen Kakao hätten trinken sollen. Auch seine Mutter schien sich nicht darum zu kümmern; sie hatte gerade entdeckt, dass ein Capri nur neunzig Kalorien hatte.

»Da hat ja eine Banane mehr«, sagte sie, schwer begeistert.

»Dann misch dir stattdessen ab jetzt einfach Eis unters Müsli«, riet Till. Der Tonfall war nicht gerade nett, aber seine Mutter lachte nur. Sie war überhaupt richtig gut gelaunt. Vielleicht gefiel es ihr selbst, dass sie ausnahmsweise etwas zu zweit unternahmen. Ohne Urs oder Anna im Schlepptau. Till hoffte nur, dass ihre Laune so gut blieb. Sie setzten sich auf die Mauer vor der Tanke in den letzten Sonnenfleck, den Benzinduft in der Nase. Till atmete tief ein; genau so gehörte es sich.

»Wollen wir Mercedes zählen?«, fragte seine Mutter. Das hatten sie früher immer gemacht. Till fühlte sich gekränkt. Als sei er immer noch das Kind, mit dem man solche Spiele spielte. (Dass er auf der Fahrt nach Trier genau das getan hatte – teure Karren gezählt –, gab er nicht zu.)

Heute würde Till sich von nichts ablenken lassen, weder von einer bestimmten Automarke noch von einer zweiten Portion Eis! Seinetwegen konnten auch zwei Nackte im Pelzmantel vorbeimarschieren – Till würde sie ignorieren. Er wollte endlich über seinen Vater reden, den großen Unbekannten, und weil er keinen Plan hatte, wie er damit anfangen sollte, packte er erst einmal die Leica aus. Die Kamera hatte nach wie vor eine beruhigende Wirkung auf ihn.

»Warte«, sagte seine Mutter. Sie strich sich durch die Haare und wandte Till ihre rechte Seite zu.

»Das ist meine Schokoladenseite. Sagt Urs.«

UrsUrsUrs. Wie schon oft fragte sich Till, ob er den Partner seiner Mutter ernster nehmen könnte, wenn er einen normalen Namen hätte. Urs. Das war doch nicht mehr als ein halbwegs gelungener Rülpser.

Seine Mutter strahlte Till an und er drückte lustlos auf den Auslöser.

»Hat er dich eigentlich viel fotografiert?«

»Urs?«, fragte seine Mutter. Doch als sie Tills Gesichtsausdruck sah, wusste sie, dass es ihm um jemand anderen ging.

»Ach so, du meinst Opa?« Sie zuckte mit den Schultern. »Ich kann mich nicht daran erinnern.«

Till spürte, wie er sauer wurde. Dabei wusste er, dass er genau genommen keinen Grund dazu hatte. Woher sollte seine Mutter ahnen, über wen er sprechen wollte? Es lag allein an ihm, das zu ändern. Und plötzlich sah er sich wieder am *Rabbit Hole* liegen und konnte hören, wie er endlich Klartext redete. Nur dass dieses Mal das Wort Arschloch nicht vorkam.

»Eigentlich meine ich meinen Vater«, sagte Till.

In dem Moment geschah etwas Gemeines: Ein Laster fuhr vorbei und verschluckte Tills letztes Wort.

»Wen?« Seine Mutter sah ihn unverwandt an.

Till bemerkte, wie sich der Typ, der gerade tankte, eine Zigarette ansteckte. Das war nicht nur verboten, das war auch gefährlich. Kurz überlegte Till, seiner Mutter vorzuschlagen, sich sicherheitshalber woanders hinzusetzen. Doch dann entschied er sich dagegen, seinetwegen konnten sie heute alle in die Luft fliegen.

»Wen meinst du?«, fragte sie noch einmal.

Till zögerte. Er wusste, dass ihm das Wort auch ein zweites Mal nicht leichter über die Lippen gehen würde. Im Gegenteil. Es fühlte sich an, als habe er all seine Kraft, die er in Gegenwart seiner Mutter brauchte, um diese lächerlichen zwei Silben zu formen, bei dem ersten Versuch verbraucht. Er wusste einfach nicht, wie er den großen Unbekannten nennen sollte. Wenn er mit Paula sprach, konnte er problemlos von seinem Vater reden, aber jetzt kam ihm das merkwürdig vor. »Papa« ging noch weniger, ein Papa erzählte Gutenachtgeschichten und klebte Pflaster auf Schürfwunden. Und »Erzeuger« war totaler Mist, irgendwie beleidigend. Die Frage war bloß, für wen.

Till stand auf, um sein Eispapier wegzuschmeißen und ein paar Meter Abstand zwischen sich und seine Mutter zu bringen. Dann würde er einen zweiten Anlauf wagen.

Da sah er auf der Straße dieses Mädchen vorbeiradeln. Sie hatte ihre blonden Haare zum Zopf gebunden, trug eine grüne Jacke und hatte, wenn man ehrlich ist, wahrscheinlich nicht mehr als *entfernt* Ähnlichkeit mit Paula. Aber Till musste trotzdem an sie denken, an ihre misslungene Verabschiedung.

Als der Bus vor der Schule gehalten hatte und Fleischmütze die Koffer auslud, hatte Till überlegt, nach Paulas Tasche zu greifen. Aber erstens wusste er nicht, ob sie die nicht selbst tragen wollte, zweitens baumelte die Leica im Weg und drittens war dieser Musiker sowieso schneller, hatte Till mit seinen trainierten Gitarristenhänden einfach zur Seite geschoben.

Till drehte den Kopf, um dem Mädchen auf dem Fahrrad hinterherzusehen. Für eine Sekunde, vielleicht auch nur den Bruchteil einer Sekunde, achtete er nicht darauf, wo er hinlief. *Wumms* würde in einem von Paulas Cartoons an dieser Stelle stehen. Denn Till landete direkt vor dem Wagen des Kippenrauchers, der gerade von der Tanke fuhr. Er ging direkt zu Boden. (Und es war nicht mal ein Mercedes, der ihn da zur Strecke brachte.)

»Tilli ist in Ohnmacht gefallen? In echt?«

»Er war kurz bewusstlos. Aber du brauchst dir keine Sorgen zu machen. Dr. Kaiser hat nach ihm gesehen und gesagt, dass er sich schnell wieder erholt.«

Till lag im Bett, die Stimmen seiner Mutter und seiner Schwester konnte er leise durch die geschlossene Tür hören.

»Ich würde auch gern mal in Ohnmacht fallen.«

»Anna!«

»Nur kurz, um zu wissen, wie es sich anfühlt. Kann ich ihn fragen, wie es war?«

»Später, er ruht sich aus.«

Till drehte sich zur Seite und schlief wieder ein.

Als er aufwachte, saß seine Mutter an seinem Bett. Sie stellte ihm eine Tasse Tee auf den Nachttisch und legte eine überreife Banane dazu. Von dem Geruch wurde ihm schlecht. Till hätte lieber ein Capri-Eis gehabt und es sich quer auf der Stirn platziert. Mann, wie sein Schädel pochte! Seine Mutter erzählte ihm noch einmal, was er schon wusste: dass das Auto glücklicherweise kaum Geschwindigkeit gehabt hatte. Dass er dumm auf den Hinterkopf gefallen war. Dass er Bescheid sagen solle, wenn ihm übel wurde. Dass er außerdem noch ganz übermüdet von der Klassenfahrt war und sich dort bestimmt nicht richtig ernährt hatte. Dass er die kommende Woche komplett krankgeschrieben war. Dass er zur Jubiläumsfeier am Freitagabend aber gehen durfte, wenn er sich bis dahin erholt hatte. Dass Gleiches für den Ball am Wochenende darauf galt. (Als hätte Till vor, dort aufzukreuzen. Was sollte er da?)

Als seine Mutter ihm die Tasse reichen wollte, schüttelte Till den Kopf.

»Willst du die Banane?«

»Nee.«

»Also ist dir doch übel?«

»Nee.«

»Dann vielleicht Käsekuchen von Urs?«, probierte sie es erneut.

»Bloß nicht!«

»Willst du irgendwas anderes?«

»Ja«, sagte Till und setzte sich auf. Ein bisschen zu schnell für sein durchgeschütteltes Hirn, aber das ließ er sich nicht anmerken. »Ich will über meinen Vater reden.«

37

»Wie, die Fotos sind nichts geworden?«

»Aber du hast gesagt, du regelst das!«

»Und wir haben uns darauf verlassen!«

»Die *Goldene Ente* können wir jetzt also vergessen!«

»Und rechtzeitig zum Schuljubiläum kriegen wir die Ausgabe auch nicht mehr fertig!«

Paula stand in der Mitte des Redaktionsraums, die Arme vor der Brust verschränkt. Ohne etwas zu erwidern, hörte sie sich all unsere Vorwürfe an. Erst als niemandem mehr etwas einfiel, jeder seinem Ärger Luft gemacht hatte – Evi war die Ausnahme, ihren Frust atmete sie wahrscheinlich direkt ins All –, rührte Paula sich.

»Es tut mir leid«, sagte sie, ehrlich zerknirscht. »Ich habe die Situation falsch eingeschätzt. Mich überschätzt.« Die letzten zwei Worte waren ihr offensichtlich schwergefallen. Ehe sie weitersprach, machte Paula eine kleine Pause, in der sie jeden Einzelnen von uns ansah. Es war ein Blick, der uns wieder an Bord holen sollte. Er gelang ihr ganz gut; ich für meinen Teil befand mich schon halb auf dem Anlegesteg.

»Ich habe eine Idee, wie wir auch ohne Fotos eine passable

Ausgabe hinkriegen«, sagte Paula. Und damit meldete ich mich offiziell zurück, bereit zum Ablegen. Aber die anderen waren skeptischer.

»Eine *passable* Ausgabe?!«, fragte Mai-Lin und rollte mit den Augen. Schon merkwürdig, die meiste Zeit war uns der Schülerzeitungswettbewerb ziemlich egal gewesen – mit Ausnahme unserer Chefredakteurin. Jetzt aber, nach der ganzen Arbeit, waren wir total heiß darauf. Jetzt wollten wir auf den ersten Platz.

»Mit einer *passablen* Ausgabe kann man doch keine *Goldene Ente* gewinnen!«

»Wahrscheinlich nicht mal eine Peking-Ente!«

»Oder eine Quietsche-Ente.«

»Von wegen Ente gut, alles gut.«

Chris und Daniel lachten.

»Ich finde das Ganze hier nicht witzig«, sagte Mai-Lin.

»Ich auch nicht«, nahm Paula den Faden auf. »Aber so ist es nun mal. Und wenn ihr nichts dagegen habt, würde ich jetzt gern von meinem Plan B erzählen.«

Es war eher ein Plan C.

C wie Comics. Denn Paula, die sich bisher auf Karikaturen und Cartoons beschränkt hatte – die bekanntlich aus nur einer Zeichnung bestehen –, wollte zum ersten Mal eine ganze Geschichte erzählen. Eine Story mit Anfang, Höhepunkt und Schluss. Dramaturgisch ausgefeilt. Eben einen richtigen Comicstrip. Sie legte ein Blatt auf den Boden und zeichnete in Windeseile einen ersten Entwurf über unsere Busfahrt, in dem Fleischmütze zum unfreiwilligen Superhelden mutierte, da er seinen Bus über halb verfallene, denkmalgeschützte Brücken lenkte. Fleischmütze war *Superman*, die Liebich sein weiblicher Robin und der Klein musste als Butler Albert herhalten. Es war witzig, gar keine Frage. Aber gewinnen konnte man damit nicht. Vielleicht, ganz vielleicht, würde es für einen dritten Platz reichen – was ein Lexikon für jeden von uns bedeutet hätte. Ohne Scheiß, ein *Lexikon*!

Vermutlich denkt ihr jetzt: Wow. Paula muss ja ein extrem schlechtes Gewissen gehabt haben, wenn sie sich offenbar im allerletzten Moment dagegen entschied, Tills Fotos ungefragt in der WMNW abzudrucken.

Und das, obwohl es doch richtige Hammerfotos waren! Obwohl ihr damit die *Goldene Ente* so gut wie sicher gewesen wäre! Vielleicht glaubt ihr sogar, dass Paula die Aufnahmen wegen ihres schlechten Gewissens vernichtet hat. Oder dass sie die Fototüte in Tills Briefkasten gesteckt hat. All das wäre von ihr hochanständig gewesen, gar keine Frage. Aber da seid ihr auf dem Holzweg. Ach was, nicht mal auf einem verdammten Trampelpfad!

38

Es war, als hätte jemand »Entfernen« gedrückt. Plötzlich tauchte Paula in Tills Gehirn nicht mehr auf. Natürlich hatte sein Sturz auf den Hinterkopf etwas damit zu tun, allerdings nur indirekt. Till dachte auch nicht wie wir anderen über die *Goldene Ente* oder den bevorstehenden Jubiläumsball unserer Schule nach. Nein, seine kleinen grauen Zellen mussten all das verarbeiten, was er auf dem improvisierten Krankenbett über seinen Vater erfahren hatte. Genauer: über Frank Schätzer, denn so hieß der Mann.

Tills Mutter stellte sich als überraschend auskunftsfreudig heraus. Es war, als hätte man einen Ballon angepikst, aus dem nun langsam die ganze Luft entwich. Sie wollte mit dem Erzählen gar nicht mehr aufhören. Till hörte verdutzt zu, er hätte alles erwartet – dass der Ballon platzte, seine Mutter explodierte –, nur nicht das. Beinahe schien es, als hätte sie nur auf eine geeignete Gelegenheit gewartet, um mit allem herauszurücken. So erfuhr Till im Zeitraffer von einer kurzen, aber »unglaublich leidenschaftlichen« Beziehung. Das brauchte er nun nicht gerade zu wissen. Till hielt sich die Ohren zu und sang laut »Lalalalala«.

»Tu nicht so unschuldig«, meinte seine Mutter nur. »Ich weiß doch, was in deinem Alter so läuft.«

Nämlich nichts, dachte Till, in meinem Alter läuft gar nichts. Die Kondome hatte er nach seiner Rückkehr verschämt wieder aus der Reisetasche geholt und im Keller verstaut. Bis er die brauchte, war ihr Haltbarkeitsdatum wahrscheinlich längst abgelaufen oder es gab ein neues, High-end-Verhütungsmittel. Aber das fand Till gar nicht mal so schlimm. Außerdem hatte er keine Zeit für Selbstmitleid, er musste zuhören. Seine Mutter erzählte jede noch so kleine Kleinigkeit. Von Frank Schätzers Vorliebe für eiskalten Birnensaft und Radfahren, von seiner Flugangst und von dem kleinen blauen Notizbuch, in dem er sämtliche Fehler festhielt, die ihm beim Bücherlesen auffielen.

»Was hat er denn gelesen?«

Seine Mutter zuckte mit den Schultern.

»Jedes Sachbuch, das ihm untergekommen ist. Über die Kulturgeschichte von Salz. Die Besiedlung Nordamerikas. Die gesunde Art des Joggens.«

Till stellte sich vor, wie sein Vater bemerkte, dass das Wort »Salzstreuer« auf Seite 356 des einen Buchs falsch geschrieben war. Dass Virginia und Massachusetts auf einer Karte des anderen Buchs verwechselt worden waren. Und dass die Zahl der Kalorien, die man beim Joggen stündlich verbrauchte, in wieder einem anderen Buch viel zu niedrig angesetzt war. Till konnte ihn genau vor sich sehen, diesen nicht mehr ganz so großen Unbekannten, der vor lauter Aufregung rote Wangen bekam, sein blaues Büchlein zückte und jeden Fehler aufschrieb.

»Und was hat er mit den Notizen gemacht?«

»Ich glaube, die hat er später gesammelt an die Verlage geschickt. Für die Neuauflage.«

Till runzelte die Stirn. Sein Vater war also in der Tat ein Besserwisser, genau wie seine Oma angedeutet hatte. Er überlegte, wie unsympathisch er das finden sollte, konnte aber nicht lange darüber nachdenken, denn schon erzählte seine Mutter von ihrer gemeinsamen Reise quer durch Deutschland. Dabei waren auch die Fotos entstanden, die Till aus dem alten Album kannte. Bisher hatte er sich vorgestellt, bei dem Trip habe es sich um so etwas wie Flitterwochen gehandelt, nur ohne die eigentlich obligatorische Hochzeit. Eine Reise durch Norditalien oder Südfrankreich. Jetzt erfuhr er, dass die beiden vor allem in Mecklenburg-Vorpommern und Brandenburg unterwegs gewesen waren, auf einer Forschungsreise. Seine Mutter hatte ihre Ferien dafür geopfert, dass Tills Vater aus tausend Seen Wasserproben hatte nehmen können – für seine Diplomarbeit in Biologie.

»Bio?!«, rief Till.

Ausgerechnet! Die einzige Fünf, die Till je in einem Zeugnis gehabt hatte, war in Biologie gewesen. Er hatte Meiose und Mitose einfach nicht auseinanderhalten können. Neben ein paar anderen Dingen. Natürlich wusste Till, dass es albern war, aber in dem Moment ärgerte er sich vor allem darüber, dass sein Vater nicht da gewesen war, um ihm diese verdammten Phasen zu erklären, an deren Namen er sich jetzt schon nicht mehr erinnern konnte.

»Arschloch«, flüsterte er, aber seine Mutter hörte ihn nicht. Sie befand sich noch auf ihrer Zeitreise.

»Und da hat er sich entschieden, das Angebot anzunehmen …«

»Was für ein Angebot?«, fragte Till.

»Hab ich doch gerade erzählt. Von der Uni. In Sydney.«

»Ein Jobangebot? Als Prof?«

Till stellte sich seinen Vater als Professor vor. Als Institutsleiter für Biochemie, nein, Zellbiologie. Spezialgebiet: die Reifeteilung von Zellkernen.

»Nicht ganz. Erst mal hat er einen Dozenten gefunden, bei dem er seine Doktorarbeit schreiben konnte.«

Eine Promotion also, immerhin. Aus Frank Schätzer wurde in Tills Kopf Dr. Frank Schätzer.

»Was die Australier wohl von dem Ä in seinem Namen halten?«, überlegte er laut. Aber seine Mutter achtete nicht auf ihn. Sie war nun beim dramatischen Teil angekommen, bei dem wohl jedes Kinopublikum zu weinen beginnen würde: die Szene, in der seine Mutter die Beziehung am Flughafen beendete, zehn Minuten vor Abflug.

»*Du* hast Schluss gemacht?«

Auch das war in Tills Vorstellung anders gewesen, ganz anders. Seine Mutter nickte. Damals am Check-in-Schalter der Lufthansa habe sie noch nicht gewusst, dass sie schwanger war.

Und wenn du es gewusst hättest?, brannte es Till auf der Zunge, doch stattdessen fragte er: »Aber du hast es ihm gemailt?«

»Ich habe es ihm *geschrieben*«, sagte seine Mutter. »Da warst du schon geboren.«

Und Frank Schätzer längst neu verliebt, auf einer zweiten

Forschungsreise, auf Tauchstation, am Grund eines Wüstensees, halb verdurstet vor Ayers Rock. Aber was machte das schon für einen Unterschied? Er war dort und Till war hier. Mit Urs, der von Bio keine Ahnung hatte. Urs hatte irgendwas mit Medien studiert, was für ein Ersatz!

39

Manchmal beißt man sich an absoluten Kleinigkeiten fest, obwohl es ganz andere Dinge gibt, über die man sich den Kopf zerbrechen sollte. Wahrscheinlich ist das ein Trick des Gehirns. Denn wenn man sich den ganzen Tag und vor allem die ganze Nacht nur mit seinen größten Sorgen beschäftigen würde – man würde verrückt werden. Depression im Endstadium. Worauf ich hinauswill: Till ließ die Vermutung, dass sein Vater ihm damals im Biounterricht wohl hätte weiterhelfen können, nicht mehr los. Während wir anderen uns durch den Schulalltag kämpften, lag er zu Hause im Bett und grübelte über die verschiedenen Spezialisierungen innerhalb der Wissenschaft nach, es gab doch bestimmt hundert. Vielleicht wusste sein Vater über Zellkerne auch nicht viel mehr als ein durchschnittlicher Medienwissenschaftler, vielleicht forschte er längst über die Ernährungsgewohnheiten von Kängurus und schrieb ein fehlerloses Fachbuch nach dem anderen. Zum Glück gab es eine Möglichkeit, das herauszufinden.

Es war der dritte Eintrag der Suchmaschine, der Till zur University of Sydney schickte, zur *Faculty of Agriculture and Environment.* Kaum hatte er auf den Link geklickt, erstarrte Till. Er hatte mit allen möglichen Informationen gerechnet, mit einem Lebenslauf, einer Liste der neuesten Veröffentlichungen. Nur nicht mit einem Foto. Aber da war es. Da war er. Frank Schätzer. Er blickte Till direkt aus dem Bildschirm an, selbstbewusst oder selbstgefällig? Wie ferngesteuert zuckte Tills rechter Zeigefinger, und das Fenster schloss sich. Erst nachdem er tief durchgeatmet hatte, öffnete Till das Fenster erneut und schloss es, nur um es mit einem weiteren Klick direkt wieder zu öffnen. So ging das ein paar Mal, bis er sich albern vorkam.

Der Mann auf dem Foto sah seiner jungen Version aus dem Album ziemlich ähnlich. Nur schien mit den Jahren eine Augenbraue verrutscht zu sein. Außerdem trug er eine Schlaumeierbrille und darunter das, was Valentin einen »Virenteppich« nannte: einen buschigen Vollbart. Till griff sich an sein eigenes – seiner Meinung nach viel zu glattes – Kinn. Da gab es wenigstens noch Hoffnung. Allein für diese Information hatte es sich schon gelohnt.

Rechts neben dem Foto stand jede Menge Text. Frank Schätzer war fleißig gewesen, er hatte alle möglichen Buchstaben gesammelt, die hinter seinem Namen klebten, ein BSc und ein PhD, was auch immer die bedeuten sollten. Professor war er nicht, aber er hatte ein Buch über Wasserpflanzen geschrieben und eine Reihe von Aufsätzen, deren Überschriften Till wahrscheinlich nicht einmal auf Deutsch kapiert hätte. Klar war nur, dass es immer wieder um Photosynthese, Kohlenstoffdioxid und Isotope ging. Till wusste nicht genau, was ein Isotop war – hatte das nicht etwas mit Teichen zu tun? –, aber ehrlich gesagt war es ihm auch egal. Für ihn war nur wichtig, dass dieser Typ mit all seinen Titeln definitiv wissen musste, wie man einem begriffsstutzigen Schüler den Unterschied zwischen Mitose und Meiose erklärte. Als er weiter runter scrollte, stieß Till auf einen neuen Absatz: *Frank Schätzer likes cycling and reading crime novels.*

Das war doch mal etwas, das zu verstehen war!

In Gedanken ergänzte Till: *And searching for mistakes.* Dann fand er selbst einen Fehler, direkt im nächsten Satz:

He is married (no children).

Till las den Satz ein zweites und ein drittes Mal, vor allem den Teil, der in der Klammer stand. Beim vierten Mal begannen seine Hände und Füße zu kribbeln. Das Kribbeln setzte sich über seine Unterarme und Schienbeine fort, stieg weiter und traf in seiner Magengegend zusammen. Eigentlich war es mehr ein Flirren. So musste es sich anfühlen, wenn man dabei war, sich in Luft aufzulösen. Till war sich sicher: Hätte er in dem Moment in den Spiegel geblickt, er hätte sich nicht gesehen. Es gab ihn nicht mehr.

Eine Weile saß Till einfach nur da und starrte auf den Bildschirm. Und genau dieses Starren auf die Website der Universität von Syndey wurde zu seinem neuen Einschlafritual, löste das akribische Reinigen der Leica ab. Von Zeit zu Zeit klickte Till auf »Erneuern«. Aber die Seite, die sich vor seinen Augen aufbaute, war ganz genau die gleiche, die Sätze und Wörter hatten sich nicht verändert. Genauso wenig, wie plötzlich ein weiterer Aufsatz hinzukam, in dem stand, dass Frank Schätzer mit Vorliebe Birnensaft trank, tauchte ein Sohn auf.

Als Till glaubte, ein für alle Mal unsichtbar zu sein, sorgte Valentin dafür, dass er sich wieder materialisierte. Eine Nachricht poppte auf dem Bildschirm auf und holte Till zurück.

– *hey tillmannski! hast du dich erholt?*
– *von was?*

Konnte Valentin Gedanken lesen? Oder hatte seine Mutter ihm entgegen ihrer Absprache doch Genaueres von Tills Unfall verraten? Das fehlte gerade noch. Besser, man ließ ihn im Unklaren, sonst würde ihm sein bester Kumpel sofort eine schreckliche Diagnose stellen. Schädel-Hirn-Trauma oder so.

– *von der besten klassenfahrt aller zeiten! von der klassenfahrt, über die noch generationen von marie-curie-zöglingen sprechen werden!*
– *denk schon. wie siehts bei dir aus?*
– *die blase an meiner ferse ist fast verheilt, der merkwürdige ausschlag ist kaum noch zu sehen und auch mit der verdauung wirds langsam wieder*
– *zu viele Details!!!!!!!!!!!*
– *zu viele Ausrufezeichen!*

Till stöhnte genervt. Aber einen Vorteil hatten die unschönen Bilder: Er musste nicht mehr an den vollbärtigen Biologen denken. Und Valentin hatte noch mehr zu berichten:

– *außerdem wollte ich jetzt erst so richtig ins detail gehen: weißt du, was mir bei letzterem noch ein bisschen sorgen macht? die konsistenz*
– *VALENTIN!!!*
– *entspann dich, is nicht gut fürn blutdruck. eigentlich wollt ich dich nur an morgen erinnern*

– *?*
– *mann,* übermorgen *ist freitag! die jubiläumsfeier?! da steht meine rede an! wird ne riesensache. 200 gäste sind eingeladen*

Stimmt, Valentins Rede! An die hatte Till überhaupt nicht mehr gedacht. Als Mitglied der Schülervertretung hatte Valentin die zweifelhafte Ehre, ein paar Worte zum hundertjährigen Jubiläum zu sagen, vor sämtlichen Lokalreportern Frankfurts, dem gesamten Lehrerkollegium, interessierten Eltern und allen Schülern, die nichts Besseres vorhatten. Zu denen zählte Till, da gab es keinen Zweifel. Er war auch nur bis Freitag krankgeschrieben. Trotzdem hätte er sich am liebsten vor der Veranstaltung gedrückt. Doch er erinnerte sich vage daran, dass er Valentin versprochen hatte, dabei zu sein.

»Ich brauche jemanden, der mir meine Notfalltropfen einflößt«, hatte er gejammert. »Oder mich in die stabile Seitenlage bringt, wenn ich vor Aufregung umkippe!« Till hatte sich also breitschlagen lassen, als persönlicher Sanitäter anzutanzen. Aber er hatte sich strikt geweigert, die stabile Seitenlange mehr als einmal zu üben. Er brachte immer durcheinander, welcher Arm und welches Bein wohin gehörte. Wobei das laut Valentin nicht weiter wichtig war: Hauptsache, der Kopf befand sich tiefer als der Magen.

– *wann treffen wir uns?*
– *um halb sieben am hintereingang der aula. erst labert unser geschätzter rektor was und dann ist mein großer auftritt. am schluss eröffnet die kunst-kiesel diese große ausstellung.*

mann, bin scheiß nervös. vielleicht deshalb auch das problem mit der verdauung

- *muss mich ausloggen. urs hat gekocht*
- *was gibts denn?*
- *pasta*
- *hast du es gut!*
- *?*
- *bei mir gibts seit tagen nur eins: zwieback mit zwieback*

40

»Du bist echt wahnsinnig!« Marija kicherte. »Ich bin mir ziemlich sicher, dass man für so eine Aktion von der Schule fliegen kann.«

»Dann haut mein Vater uns raus«, murmelte Paula. Da konnte der gefeierte Anwalt endlich mal zeigen, ob er wirklich so viel draufhatte, wie alle immer behaupteten. Etwas Gutes musste ja dran sein, ein Familienmitglied zu haben, das aus jedem gemeinsamen Abendessen eine Gerichtsshow machte. An diesem Wortspiel hätte Chris seine Freude gehabt.

»Hoffentlich macht er das kostenlos«, sagte Marija, ein bisschen zu laut. »Dein Vater hat sicher einen Wahnsinnsstundensatz!« Paula legte ihren Zeigefinger an die Lippen und warf ihrer Freundin einen strengen Blick zu. Mit der anderen Hand tastete sie die Jacke ihrer Mutter ab, die an der Garderobe im Flur hing. Sie fand alles Mögliche – einen Kajalstift, einen Radiergummi, einen Strafzettel, jede Menge Kleingeld –, aber keinen Schlüssel. Paulas Mutter war ziemlich chaotisch, sie lebte das Künstlerinnending voll aus. Für ihre Tochter hatte das sowohl Vor- als auch Nachteile: Paula wurde nie gezwungen, ihr Zimmer aufzuräumen. Andererseits durfte sie nie etwas wegschmeißen, das in der Wohnung herumlag, auch wenn es noch so vergammelt war. Denn es konnte sein, dass es sich um Kunst handelte, wie damals bei einer gewissen Maccaroni-Installation. (Die in Paulas knurrendem Magen gelandet war.)Da, endlich wurde sie in einer Innentasche fündig.

»Ich hab ihn«, flüsterte Paula und zog den fetten Schlüsselbund heraus, an dem ein kleiner Stoffpapagei hing. Paula hielt die Schlüssel fest gepackt in ihrer Faust, nicht das leiseste Klimpern durfte zu hören sein. Wenn ihre Mutter oder ihr Vater jetzt aufwachten, konnten sie alles vergessen. Paula machte eine Nickbewegung Richtung Wohnungstür. »Los, gehen wir!« Vor dem Haus, in zweiter Reihe, stand der rote Kastenwagen von Michail, Marijas großem Bruder. Gleich nach der Schule hatten sie den Laderaum vollgepackt. Seitdem warteten sie auf den Abend und darauf, dass Paulas Eltern endlich ins Bett gehen würden.

Das war heute später gewesen als sonst, weil ihrer Mutter noch ein Haufen Presseleute eingefallen war, denen sie die Mitteilung zum Schuljubiläum beziehungsweise zur Ausstellungseröffnung in letzter Sekunde mailen wollte. Paulas Mutter war ziemlich stolz, dass es so weit war, seit fast zwei Halbjahren hatte sie mit ihren Schülern an den Bildern gearbeitet. Also hatte sie sich an den Küchentisch gesetzt, ihren Laptop auf einem alten Pizzakarton abgestellt und im Schneckentempo Einladungen verschickt. Erst um halb eins war sie ihrem Mann ins Bett gefolgt.

Das war der Startschuss für Paula. Sie rief Marija an, die keine zehn Minuten später vor der Haustür stand, mit vor Aufregung geröteten Wangen. Michail saß hinter dem Steuer im Wagen, er winkte Paula, das Gesicht zu einem schiefen Grinsen verzogen. Auch aus der Entfernung war zu sehen, wie unwohl ihm bei der ganzen Sache war.

»Musstest du ihn überreden?«, flüsterte Paula.

Marija zuckte mit den Schultern.

»Der soll sich nicht so anstellen. Außerdem hat er mir noch einen kleinen Gefallen geschuldet.«

Paula fragte nicht weiter nach. Als sie sich auf den Rücksitz fallen ließ, verteilte sie erst einmal Himbeerbonbons, um die anderen bei Laune zu halten. Dabei gab es absolut keinen Grund zur Sorge. Paula hatte alles ganz genau geplant – und sie hatte den Generalschlüssel ihrer Mutter. Nur Kupper konnte noch für eine mögliche Komplikation sorgen, denn der Hausmeister wohnte nicht nur direkt neben der Schule, sondern passte auch darauf auf, als wäre es die Bundesbank.

»Wir dürfen im Flur auf keinen Fall Licht anmachen«, erinnerte Paula ihre Komplizen.

»Erst in der Aula«, sagte Marija. Sie klang genervt. »Wir wissen Bescheid. Du hast uns alles *mehrfach* erklärt. Und mit mehrfach meine ich hunderttausend Mal.«

Paula sah aus dem Fenster. Eigentlich mochte sie es, nachts durch die Stadt zu fahren und die Lichter an sich vorbeirauschen zu lassen. Am besten gefiel es ihr, wenn es dabei auch noch regnete, sodass alles glitzerte. Heute aber spürte sie, wie sie mit jedem Meter nervöser wurde. Dabei wusste sie, dass sie das Richtige tat. Okay, sie war drauf und dran, in die Marie Curie einzusteigen (»Hausfriedensbruch«, hörte sie die Stimme ihres Vaters sagen). Man konnte nicht von der Hand weisen, dass das für eine Schülerin eher unüblich war. Wie für alle anderen auch. Paula beruhigte sich damit, dass sie nichts klauen würden, weder die anstehende Französischarbeit noch den Pokal des Hockeyteams. (»Kein Einbruchsdiebstahl.«) Nein, sie wollte etwas hinbringen und damit die Schule genau genommen *bereichern.* Paula erinnerte sich daran, dass sie das Ganze nicht aus Eigennutz tat, sondern aus einem höchst ehrenhaften Grund. Ob es dafür auch einen juristischen Fachbegriff gab? Ja, wenn sie es sich recht überlegte, war sie eine Art *Robin Hood* – der brachte sich schließlich auch für andere in Gefahr. Wobei es in Paulas Fall nur *ein* anderer war.

»Wir sind da«, sagte Michail. Er nahm den Fuß vom Gaspedal und ließ den Wagen geräuschlos auf den Schulparkplatz rollen. Auch die Scheinwerfer hatte er vorsorglich ausgeschaltet.

»Man könnte meinen, du hast das schon öfter gemacht«, sagte seine Schwester mit leiser Stimme.

»Warum flüsterst du denn?«, fragte Paula, sprach aber selbst nicht viel lauter. Ihr Hals war trocken, die Bonbons machten es kaum besser, eigentlich brauchte sie dringend einen Schluck Wasser. Aber daran hatte Paula nicht gedacht. Also zog sie ihren kurzen Zopf fest, stieg aus dem Auto, öffnete den Laderaum und griff so viel, wie sie tragen konnte. Dicht gefolgt von den anderen, machte sie sich auf den Weg zum Tor. Dort angekommen, zückte sie den Schlüssel und steckte ihn ins Schloss. Es ließ sich butterweich öffnen. Sie versuchte es als ein Zeichen zu sehen, wie Evi es getan hätte: Offenbar tat sie das Richtige.

Der schwierigste Teil war, sich durch den langen Flur zu tasten. Noch dazu mit dem ganzen Zeug aus dem Laderaum.

»Riecht ihr das auch?«, flüsterte Paula. Es kam ihr so vor, als würde die Dunkelheit den Eigengeruch der Schule noch verstärken. Diese Mischung aus PVC-Boden, Reinigungsmitteln, Schweiß und vergessenen Pausenbroten. In der Aula roch es gleich viel besser, nach altem Holz, was vielleicht auch mit ihrer Erleichterung zu tun hatte, es endlich ans Ziel geschafft zu haben. Paula drückte die Lichtschalter, die Leuchtstoffröhren sprangen nacheinander an, mit dem Brummen, das ihr von zahlreichen Schulversammlungen wohl vertraut war.

Als sich ihre Augen an die Helligkeit gewöhnt hatten, staunte Paula nicht schlecht: Kupper hatte ganze Arbeit geleistet. Er hatte die Aula in einen Festsaal verwandelt! Die Dielen waren frisch geschrubbt, an den Wänden hingen bunte Girlanden, die Vorhänge vor der Fensterfront waren mit einer goldenen Kordel zur Seite gebunden, auf der Bühne stand ein glänzendes Rednerpult, davor ein üppiger Blumenstrauß.

Hier konnte man bleiben – wäre da nicht das unangenehme Gefühl, beobachtet zu werden. Es dauerte einen Moment, ehe Paula kapierte, woran das lag. Sie wurden angestarrt, von nicht weniger als zwanzig Augenpaaren. Es waren die Porträts, die Paulas Mutter mit ihren Schülern gemalt hatte. Marie Curie, wohin man auch blickte. Als feine Bleistiftzeichnung, als Aquarell, in Acryl und in Tusche. Sogar eine Art Druck im Stil von Andy Warhol war darunter und ein Scherenschnitt.

»Wow«, machte Michail. »Die guckt ja ziemlich kritisch.«

»Wahrscheinlich ist ihr gerade klar geworden, was das ganze radioaktive Zeug mit ihrer Gesundheit anstellt.«

»Oder sie fragt sich, was wir hier zu suchen haben.«

»Unheimlich«, fand Marija. »Von allen Seiten von der gleichen Person angeguckt zu werden. Marie Curie geht ja noch. Aber stell dir mal vor, das wäre Dr. Schmal.«

»Oder Freddy Krueger.«

Paula unterdrückte ein Lachen. »Wir sind ja da, um das zu ändern.«

Sie stellte sich vor die erste Zeichnung, hob den Rahmen von der Schiene und löste das Bild heraus. Die anderen machten es ihr nach. Es gab viel zu tun.

In dieser Nacht, nachdem er sich den Internetauftritt eines ganz bestimmten Biologen angesehen hatte, richtete Till ein neues E-Mail-Konto ein, whatthefuckismitose@freemail.com. Dann schrieb er dem Wissenschaftler eine kurze, aber höfliche Nachricht.

Sehr geehrter Herr Schätzer (BSc PhD),
ich würde Sie gerne auf einen kleinen Fehler aufmerksam machen, der sich auf die Website Ihrer Universität geschlichen hat. Sicher haben Sie ihn noch nicht entdeckt. Ziemlich weit unten steht dort »married (no children)«. Aber wenn ich richtig informiert bin, haben Sie einen Sohn. Vielleicht möchten Sie das berichtigen.
MfG
T. Finch

Kurz dachte Till darüber nach, in der Mail absichtlich einen Rechtschreibfehler unterzubringen. Vielleicht würde sein Vater ihm dann direkt eine Mail schicken, um ihn ebenso höflich, aber bestimmt darauf hinzuweisen. Das wäre dann fast so etwas wie eine richtige Unterhaltung. Aber eben nur fast. Deshalb ließ Till es auch sein. Sein Pseudonym fand er auch nicht gerade den Hit. Aber etwas anderes war Till auf die Schnelle nicht eingefallen. Außerdem brauchte er einen englisch klingenden Namen, zumal er den Text vor dem Abschicken noch schnell übersetzte, sicherheitshalber. Denn vielleicht hatte Paula ja recht und der Typ konnte wirklich kein Deutsch mehr, hatte die Sprache verdrängt wie seinen Sohn?

41

Es waren wirklich alle da. Schüler, Eltern, Lehrer, Journalisten, sogar die Oberbürgermeisterin hatte es sich nicht nehmen lassen, persönlich aufzukreuzen. Till beobachtete den Trubel von der Bühne aus. Er durfte sich backstage aufhalten, weil Valentin ihn als seinen persönlichen Assistenten bezeichnete.

Und einen solchen hatte Valentin auch wirklich nötig, denn er war das reinste Nervenbündel. Deshalb hatte Kupper ihnen auch erlaubt, die Aula durch den Hintereingang zu betreten: Valentin wollte vor seinem Auftritt möglichst niemandem begegnen. Schon zwei Hemden hatte er durchgeschwitzt, mit zitternden Händen trank er einen Kräutertee nach dem anderen. Drei Liter hatte er mit Sicherheit schon intus.

»Sind immer noch so viele Leute da?«, fragte er Till, der durch den Vorhangschlitz spähte.

»Ein paar haben es sich anders überlegt und sind wieder gegangen.«

»Im Ernst?«, fragte Valentin erleichtert.

Till schüttelte den Kopf.

»Ich würde eher sagen, es werden immer mehr. Kupper schleppt gerade noch ein paar Stühle an.«

»Scheiße«, murmelte Valentin. »Hättest du gedacht, dass Aufregung exponentiell mit der Publikumsgröße steigt?«

Till zuckte mit den Schultern, es war ihm ziemlich egal. Er behielt die Menschenmenge da unten nicht im Blick, um seinem Kumpel alle dreißig Sekunden den aktuellen Stand durchzugeben. Nein, er hielt Ausschau nach einem grünen Mantel. Doch leider war weder Paula noch ihr liebstes Kleidungsstück zu sehen. Am Nachmittag hatte Till gehofft, dass sie ohne ihren Freund auftauchen würde. Jetzt hoffte er, dass sie sich überhaupt blicken ließ. Egal mit wem im Schlepptau. Immerhin gab es spannendere Veranstaltungen für einen Freitagabend als ein Schuljubiläum.

Dennoch waren die Leute da unten bester Dinge, ihre fröhlichen Stimmen und ihr Lachen schallten bis zu Till. Da unten, wo die Kunstwerke der Schüler hingen, hatte sich sogar eine richtige Menschentraube gebildet – das schien Till dann doch übertrieben! Soweit er wusste, gab es an ihrer Schule keinen Nachkommen von Picasso! So viele Leute standen vor den Bildern, dass Till sie von der Bühne aus nicht erkennen konnte. Nicht dass es ihn sonderlich interessiert hätte.

»Ist Kupper immer noch mit den Stühlen beschäftigt?«

»Ja«, sagte Till. »Ich wette, bald hat er alle Klassenzimmer leer geräumt.«

»Verdammt«, murmelte Valentin. »Das verstößt doch bestimmt gegen die Brandschutzverordnung!«

Till zuckte bloß mit den Schultern.

»Mann, das kann zu einer richtigen Katastrophe führen!«

Till reagierte immer noch nicht.

»Irgendjemand muss dem mal sagen, dass er nicht noch mehr Leute reinlassen darf … Jemand, der heute keine verdammte Rede halten muss … Jemand, der momentan ganz entspannt am Vorhang chillt … Jemand, der –«

»Schon gut!«, rief Till. »Entspann dich, Val! Bin ja schon auf dem Weg!«

Ohne ein weiteres Wort drehte Till sich um und ging.

»Bring mir bei der Gelegenheit noch einen Tee mit, ja?«, rief Valentin ihm hinterher. »Aber dieses Mal nicht zu lange ziehen lassen.«

Till dachte nicht einmal daran, Kupper davon abzuhalten, in der Aula Platz für mehr Menschen zu schaffen. Mit Sicherheit würde es Valentin guttun, vor einem Riesenpublikum zu reden. Es wäre eine Art Schocktherapie. Außerdem: Niemand hatte Valentin gezwungen, sich in der Schülervertretung zu engagieren. Das hatte er damals sowieso nur gemacht, um in allen Klassen einen Erste-Hilfe-Kurs durchzusetzen.

Till beschloss, sich unter die Menschen zu mischen. Vielleicht würde er jemandem begegnen, den er fragen konnte, wo Paula steckte.

»Ciao, Tillmann«, fing ihn Signora Sarta an der Tür zur Aula ab. Zur Feier des Tages hatte sie noch einmal ihr Dirndl hervorgekramt. »Die Bilder sind molto buono! Wirklich molto buono!«

»Ich hab sie mir noch gar nicht angeguckt«, gab Till zu.

»Du bist mir vielleicht ein burlone! Ein richtiger Witzbold!«, lachte die Signora und zwinkerte ihm verschwörerisch zu. »Dann solltest du das aber schleunigst nachholen.«

»Mach ich«, sagte Till, ohne es vorzuhaben, und schlüpfte

unter ihrem stämmigen Arm durch. Er interessierte sich nicht für irgendwelche Kunstwerke, er interessierte sich für Paula. Doch dann ging es weder vor noch zurück, denn wirklich jeder blieb vor den Bildern stehen. Das konnte im Louvre nicht anders sein. Und da es nicht gerade spannend war, eine halbe Ewigkeit auf den Rücken seines Vordermanns zu starren, hob auch Till seinen Blick.

In dem Moment hatte Till ein fettes Déjà-vu. Oder vielmehr glaubte er, eines zu haben. Denn die Bilder, die dort an der Wand hingen – alles Fotos –, kamen ihm merkwürdig vertraut vor. Es war, als hätte er sie schon einmal betrachtet … nur waren die Motive damals deutlicher zu sehen gewesen, irgendwie klarer und schärfer. Till runzelte die Stirn.

Das schick gemachte Pärchen neben ihm rätselte, was auf der vergrößerten Nahaufnahme vor ihnen zu sehen war. Irgendetwas Buntes, Gestreiftes.

»Ein Liegestuhl«, vermutete der Typ.

»Quatsch«, sagte seine Freundin und legte den Kopf schief. »Ich glaube das ist ein Handtuch. Oder ein Stück T-Shirt. Ich habe so ein Muster mal bei H&M gesehen.«

Till schüttelte den Kopf.

»Das sind Luftschlangen«, sagte er leise. Luftschlangen, die sich Nele um den Kopf gewickelt hatte. Bevor sie in eine Art Indianergeheul ausgebrochen war. Aber woher konnte er das wissen? Es durchfuhr Till wie ein Blitz. Das da war sein Foto, aufgenommen im Partykeller der Jugendherberge. Wie auch das Foto daneben von ihm war. Und das daneben. Und die auf der anderen Seite auch! An der Wand hing sein Blick auf die Welt. Till drängelte nach vorne, um sich die Fotos aus allernächster Nähe anzusehen, auf der Suche nach einer Erklärung, wie das überhaupt möglich war. Dort, ganz links, stand auf einem Schild sogar sein Name. Tillmann Fink. In Druckbuchstaben, mit schwarzem Filzstift. Till holte tief Luft, er versuchte zu verstehen, was das bedeutete. Alle Menschen hier konnten sehen, was er sah und wie er es sah. Langsam erinnerte er sich an jedes einzelne Bild, das er geschossen hatte. Till spürte, wie ihm heiß wurde, er schwitzte und fühlte sich nackt. Wie in einer Sauna. In einer Sauna, umgeben von Menschen, die alle noch ein Handtuch um die Hüfte trugen. Nur er hatte keins. Tills Kopf begann sich zu drehen …

Da fielen ihm die Notfalltropfen ein, die er als Valentins persönlicher Assistent in seiner Hosentasche mit sich herumtrug. Zum ersten Mal war er dankbar dafür. Er zog das Fläschchen hervor und exte das Zeug. Es schmeckte gar nicht mal schlecht. Als Till wieder aufsah, entdeckte er Paula. In ihrem grünen Mantel stand sie am anderen Ende der Aula, reckte ihren Kopf, winkte ihm zu und – strahlte. Sie sah so schön aus und so verdammt zufrieden mit sich selbst. Für den Bruchteil einer Sekunde glaubte Till sogar, sie riechen zu können, Ananas und Filzstift. Ihm fiel der Abend am Teich ein, als Paula ihm ganz nah gewesen war, als er sie gebeten hatte, kurz auf die Leica aufzupassen. Und ihm fiel der verloren geglaubte Film ein. Da endlich begriff er.

42

Es war nicht ganz die Reaktion, die Paula erwartet hatte. Till hatte sich gegen den Strom der Massen durch die Aula gepflügt, sie am Handgelenk gepackt und mit nach draußen gezogen, geradewegs in den staubigen Kartenraum. Paula war nichts anderes übrig geblieben, als ihm zu folgen. Sie wunderte sich. Ein einfaches »Dankeschön« hätte es ihrer Meinung nach auch getan, aber vielleicht wollte Till dafür lieber unter vier Augen sein. Paula dachte an die sieben Minuten, die sie beide im Himmel verbracht hatten.

Doch als sie sich in dem viel zu kleinen Raum gegenüberstanden und Till sie finster anfunkelte, dämmerte ihr, dass irgendetwas nicht nach Plan gelaufen war.

Die Sache war nur: Till sagte nichts. Er starrte Paula einfach nur an, auf seiner Stirn, direkt unter dem Wirbel, den sie so mochte, prangte eine geschwollene Ader, die Paula zugegebenermaßen etwas nervös machte. Sie wandte ihren Blick ab. Neben Till an der Wand hing eine topografische Karte von Australien, darauf mehr grüne als braune Flächen. Langsam ließ Paula ihren Blick den Umriss entlangwandern. Als sie bei der merkwürdigen Insel im Südosten angekommen war, hatte

Till immer noch keinen Mucks von sich gegeben. Da wurde es Paula dann doch zu blöd. Sie räusperte sich und sagte das Erste, das ihr in den Sinn kam:

»Wo ist eigentlich deine Leica?«

Was sie nicht wusste: Der Satz war eine Zündschnur, die direkt zu Till führte, und sie hatte soeben eine Flamme darangehalten. Er explodierte.

»Meine Leica?!«, brüllte er. »Meine LEICA?! Die habe ich zu Hause gelassen! Sicherheitshalber! Damit niemand auf die Idee kommt, mir einen Film zu klauen!«

Paula schluckte. Als sie Till am *Rabbit Hole* davon überzeugt hatte, dass er allen Grund dazu hatte, auf seinen Vater wütend zu sein, war ihr nicht im Traum eingefallen, dass sie diese Wut mal abkriegen würde. Sonst hätte sie vielleicht darauf verzichtet.

»Till, hör zu. Ich wollte nur –«

»Mir ist egal, was du wolltest!«, rief er und schlug mit der flachen Hand gegen die Wand. Durch den Luftstoß vibrierte die Karte, kurz sah es aus, als würde das Meer Wellen schlagen.

»Was fällt dir eigentlich ein?! Das ist Diebstahl!«

»Na ja«, machte Paula und verzog den Mund. Das brachte Till für einen Moment aus dem Konzept.

»Was *na ja*?!«

»Ich würde eher von einer Leihgabe sprechen. Du kannst den Film ja wiederhaben.«

»Von einer Leih*gabe*?« Till war fassungslos. »Ich bin mir sicher, dein Vater würde das anders sehen. Für eine Leihgabe hätte ich dir den Film nämlich erst *geben* müssen. Gabe kommt von Geben. Und Geben ist verdammt noch mal nicht Nehmen.« Chris hätte es nicht besser sagen können.

»Mann, ich *gebe* dir den Film ja wieder!«

»Den entwickelten!«, betonte Till. »Und was ist mit den Fotos?«

»Die kannst du natürlich auch haben.«

»Oh, schönen Dank auch. Nachdem alle sie gesehen haben.« Er presste die Zähne aufeinander. »Kapierst du nicht? Das ist … das ist, als würde ich mich auf die verdammte Bühne stellen und dein Tagebuch vorlesen.«

Paula sah ihn irritiert an.

»Ich schreibe kein Tagebuch«, sagte sie. »Ich finde, das ist eine veraltete Form des –«

»Paula?«, unterbrach Till sie.

»Ja?«

»Leck mich!«

Paula streckte ihre Hand aus, wollte Till am Arm berühren, aber er wich zurück.

»Ich hatte eigentlich vor, die Fotos in der WMNW abzudrucken«, versuchte Paula eine Erklärung. »Aber dann habe ich kapiert, dass das Verschwendung wäre! Dass die Fotos ein viel größeres Publikum brauchen, nicht bloß die Leser einer lächerlichen Schülerzeitung! Sondern eine richtige Ausstellung!«

Jetzt gelang es ihr doch, seinen Arm zu berühren, auch wenn Till es nur kurz zuließ.

»Du hast die Aufmerksamkeit verdient, scheiß auf deinen Vater, der nicht mal ahnt, was er an dir verpasst. Weißt du: Jedes einzelne Foto ist richtig gut!«

»Jedes einzelne«, wiederholte Till leise.

»Till«, sagte Paula und sah ihm direkt in die Augen. »Ich habe nicht alle Fotos aufgehängt.« Als er darauf nichts erwiderte, sprach sie weiter.

»In der Aula ist nur eine Auswahl. Den Rest hat niemand gesehen.«

»Außer dir«, murmelte Till. Ehe Paula noch etwas einfiel, stapfte er zur Tür.

»Bleib doch«, sagte sie, fast zaghaft, aber er schüttelte den Kopf.

»Ich muss mich um Valentin kümmern.«

Paula ließ sich an der Wand entlang auf den Boden rutschen und vergrub ihr Gesicht in den Händen. Schlagartig war ihr klar geworden, dass sie ziemliche Scheiße gebaut hatte. Das Handy in ihrer Tasche klingelte. Das würde ihre Mutter sein, die das mit Sicherheit ganz genauso sah.

Kaum war Valentins Rede vorbei, haute Till ohne ein weiteres Wort ab. Er hielt es einfach keine einzige Sekunde länger in der Marie Curie aus. Nichts und niemanden wollte er sehen und vor allem nicht gesehen werden. Eine Stunde lief er einfach so durch die Gegend, in einem Wahnsinnstempo, bis er sich einigermaßen abgeregt hatte. Ziemlich durchgeschwitzt bog er in seine Straße ein, ignorierte den alten Lehmann, der ihn in ein Gespräch verwickeln wollte, und hielt auch der Frau aus dem ersten Stock nicht die Haustür auf. Doch als sie seinen Gesichtsausdruck bemerkte, meckerte sie nicht. Es war Till anzusehen, dass er seine Ruhe wollte, und genau die würde er zu Hause jetzt auch haben: Seine Mutter und Urs waren im Kino und Anna auf einer »echten Pyjama-Party«, wie ihr nicht langweilig geworden war zu verkünden. Nachdem er sich ein Glas Leitungswasser eingegossen hatte, hockte Till sich vor den Fernseher. Auf einem der letzten Programme lief eine todlangweilige Dokumentation über die Flüsse Deutschlands. In dem Moment genau das Richtige; Till spürte, wie er ruhiger wurde. Bis die Mosel dran war. Till machte den Fernseher aus. Das Beste wäre es wohl, schlafen zu gehen. Den Tag hatte er sowieso abgeschrieben; je schneller er zu Ende wäre, desto besser. Was genau genommen auch für den nächsten Tag galt. Und wahrscheinlich auch den übernächsten. Doch auf sein neues Ritual konnte er trotz allem nicht verzichten: Er musste Frank Schätzer einen virtuellen Besuch abstatten, sein Gesicht nach Ähnlichkeiten absuchen und sich vorstellen, wie seine Lippen sich plötzlich bewegten und so etwas wie »Gute Nacht« sagten. Wobei, heute Abend würden sich die Lippen eher zu einem »Idiot!« formen. Denn genau so fühlte Till sich. Wie ein verdammter Idiot. Wie hatte er Paula nur vertrauen können?! Und dann auch noch zu glauben, sie hätte Interesse an ihm! Till wollte den Laptop schon fast zuklappen, als er bemerkte, dass sich auf der Website etwas verändert hatte. Zuerst dachte er, er bilde es sich nur ein, es sei ein Wunschtraum, mehr nicht. Das schien bei ihm ja öfter vorzukommen. Aber Till hatte schon richtig gesehen. Auf der Seite waren zwei ebenso kleine wie entscheidende Wörter ersetzt worden. Statt »no children« stand da »one son«. One son.

Till musste schlucken, warum kamen die Dinge im Leben immer so geballt?! Wie Böller an Silvester. One son. Das war zwar nicht gerade eine Liebeserklärung, aber immerhin ein

Anfang. Er druckte die Seite aus, sicher war sicher. Nur für den Fall, dass die Änderung wieder rückgängig gemacht wurde. Dann hätte Till immer noch einen Beweis. Dafür, dass dieser Typ am anderen Ende der Welt offenbar doch ahnte, dass er hier möglicherweise etwas verpasste.

43

Der Karton – Till schätzte ihn auf mindestens sechzig mal sechzig Zentimeter – war über und über mit Briefmarken beklebt. 5-Cent-Marken mit lilafarbenen Krokussen darauf und 10-Cent-Marken mit gelben, orangenfarbenen und roten Tulpen. Wo konnte man Anfang November eine solche Frühjahrkollektion an Sondermarken auftreiben? Till hatte keine Ahnung, aber er wusste: Wer auch immer all die Marken abstempeln musste, hatte jetzt mit Sicherheit Muskelkater. Mitten in dem kunterbunten Beet stand Tills Adresse in Blockbuchstaben, geschrieben mit schwarzem Filzstift. Er konnte sich schon denken, wer das Paket geschickt hatte, und deshalb nahm er es auch mit in sein Zimmer. Das Letzte, was er gebrauchen konnte, waren Kommentare von neugierigen Familienangehörigen. Vor allem keinen ironischen Spruch von Urs.

Auf seinem Bett sitzend, mitten auf *Spongebobs* grinsender Fresse, begann Till, das Paketband abzupfriemeln. Er hatte es nicht besonders eilig. Im Gegenteil: was er im Paket vermutete bereitete ihm diffuse Magenschmerzen. Aber irgendwann war auch der letzte Klebestreifen entfernt, und Till blieb nichts anderes übrig, als den Karton zu öffnen.

Die Negativstreifen lagen ganz oben, darunter die entwickelten Fotos, sowohl jene, die Paula für die Ausstellung vergrößert hatte, als auch alle anderen. Till sah den schweren Stapel durch und legte die Fotos aus der Aula zur Seite. Jetzt hielt er nur noch die Bilder in den Händen, die ihm so unangenehm waren.

So oft hatte er Paula fotografiert! Ihren Nacken. Ihre Hände. Ihre weißen Sneakers. Die Knopfleiste ihres Mantels. Und immer wieder die ganze Paula. Wie sie Postkarten anguckte. Wie sie eine Cola kaufte. Wie sie ein Steinchen aus ihrem Schuh puhlte. Wie sie ihre Reisetasche schleppte. Wie sie bei allem schön aussah.

Till wurde erst warm, dann heiß, beinahe fiebrig. Das, was er da in der Hand hielt, war ein Liebesgeständnis in Bildern. Eine Foto-Love-Story ohne Happy End. Man konnte es natürlich auch als das Werk eines Besessenen bezeichnen und ihn für einen Stalker halten. Ob Paulas Vater bei Gericht schon ein Kontaktverbot beantragt hatte? Und ob Paula das schon in Trier bemerkt hatte? Oder erst jetzt, nachdem sie die Bilder hatte entwickeln lassen? Es machte so oder so keinen Unterschied. Till pfefferte die Bilder zurück in den Karton. Das Fotografieren, schwor er sich, ließ er ab jetzt sein. Aber dieses Mal wirklich. Noch heute würde er die verdammte Kamera wieder im Keller verstauen, wo sie hingehörte. Auch wenn die Leute ihn für seine Fotos gelobt hatten, weil er so oft im richtigen Moment auf den Auslöser gedrückt hatte.

Unerschrocken hatte die Kunst-Kiesel seine Arbeiten in ihrer improvisierten Eröffnungsrede genannt, *unerschrocken ehrlich, kein bisschen prätentiös und zugleich unfassbar warmher-*

zig. Dann war sie von der Bühne gestapft, um ihrer Tochter die Leviten zu lesen. Paula.

Till wollte den Karton, der aussah wie eine immergrüne Blumenwiese, unter sein Bett schieben, als er den himmelblauen Umschlag entdeckte. Er stutzte, der Umschlag war überraschend schwer. Waren da etwa noch mehr Fotos drin? Und warum waren sie extra eingepackt? Hoffentlich hatte er im besoffenen Zustand nicht seinen eigenen Arsch fotografiert. Oder, was noch schlimmer wäre, die Kamera durch den Spalt der Toilettenkabinen gehalten, um fremde Ärsche zu fotografieren.

Wahrscheinlich war es das Beste, den Umschlag gar nicht erst anzurühren. Genau, Till würde in die Küche gehen, ein bis zwei Erdbeerjoghurts essen, sich einen Tee kochen und versuchen, die Sache zu vergessen. Verdrängung nennt man das.

Till hatte noch nicht mal den Wasserkocher angeschaltet, als die Neugier gewann. Er warf den halb vollen Joghurtbecher samt Löffel in den Müll und ging mit schnellen Schritten zurück in sein Zimmer.

In dem Umschlag waren keine Fotos. In dem Umschlag war ein Zeichenblock, jede Seite von oben bis unten vollgekritzelt und mit einem Datum versehen. Die meisten Skizzen waren auf der Klassenfahrt entstanden. Till erkannte Fleischmütze, wie er in einem Berg aus Koffern versank, er erkannte ihre Lehrer, wie sie mit Taschenlampen bewaffnet den Flur entlangschlichen. Und er erkannte sich. An dem Wirbel auf der Stirn. Und an der Kamera, die um seinen Hals baumelte.

Till, wie er im Bus schlief. Till, wie er seine Leica polierte. Till, wie er sich die Schuhe band. Till, wie er Valentin eine Packung Pflaster reichte. Till, wie er gemeinsam mit Paula –

unschwer zu erkennen am Filzstift hinter dem Ohr – überaus gründlich die Tische wischte. Till und Paula auf der Römerbrücke. Till und Paula auf dieser Burg. Till und Paula als einzige Passagiere auf dem Ausflugsboot. Till und Paula im Garten der Jugendherberge. Till und Paula am *Rabbit Hole*, ganz nah beieinander. Till und Paula.

Till fuhr mit dem Finger über das Blatt, tippte auf die Stelle, wo ihre Lippen sich berührten. Daran konnte er sich aber nicht erinnern. In seinem Bauch spürte er ein sanftes Ziehen. In dem Moment hätte er gerne eine Zeitreise gemacht, sich und Paula in diesen merkwürdigen Garten zurückgebeamt. Nur hätte er dieses Mal etwas Besseres zu tun, als wie blöd in ein Erdloch zu schreien. Er hätte den Kuss Wirklichkeit werden lassen. Till blätterte um. Auf der letzten Seite war noch eine Cartoon-Paula: Sie saß am Schreibtisch und nagte an einem Filzstift – um sich herum jede Menge zerknülltes Papier und vor sich einen Brief. Till drehte den Block, um lesen zu können, was dort stand:

… was ich eigentlich noch sagen wollte: Ich schreibe kein Tagebuch, ich male *mein Tagebuch. Zugegeben, vielleicht ist es an manchen Stellen eher ein Träumebuch. Auf jeden Fall hast du die Wahl: Entweder, du dekorierst die ganze Schule mit den Zeichnungen. Oder wir treffen uns auf dem Jubiläumsball. Ich bin die mit dem grünen Mantel.*

Seit knapp zwei Stunden lag Till verzückt auf seinem Bett, in seiner Hand den Skizzenblock, den er immer und immer wieder durchblätterte. Vorhin hatte er kurz Musik angemacht, sich durch seine MP3s geskippt, aber kein Song wurde dem unglaublich guten Gefühl gerecht, das in ihm heranwuchs. Außerdem wollte er den Geräuschen der Wohnung lauschen, um es sofort mitzukriegen, wenn Urs von der Arbeit nach Hause kam. Als er im Flur die unverkennbaren schluffigen Schritte hörte, stand Till auf und lief ihm entgegen. Etwas, das üblicherweise nicht vorkam und wobei er sich fühlte wie seine kleine Schwester.

»Urs, ich brauche deine Hilfe«, sagte Till.

»Schon wieder?!«, fragte Urs und freute sich sichtlich, wieder einmal eine Brise Ironie in einem Satz untergebracht zu haben. Nur dass es Till dieses Mal kein bisschen störte.

»Leihst du mir einen Anzug?«

Jetzt wurde Urs doch misstrauisch.

»Und was willst du damit machen?«

Ursman im Keller ein neues Outfit verpassen, lag es Till auf der Zunge. Aber er beherrschte sich.

»Ich brauche was Schickes für den Jubiläumsball«, murmelte Till. »Ich bring den Anzug danach auch in die Reinigung. Versprochen.«

Urs begann zu lächeln. So breit, dass Till beinahe zurückgewichen wäre. Daran würde er sich noch gewöhnen müssen.

»Ach was«, rief Urs, »das ist echt nicht nötig.« Dass er es ausnahmsweise wirklich so meinte, wie er es sagte, war ihm anzusehen. Urs winkte Till in sein Zimmer, wo er seine Schranktüren mit so viel Schwung öffnete wie ein leidenschaftlicher Herrenausstatter.

»Was darf es denn sein?«, fragte er. »Schwarz, Dunkelblau, mit Weste oder ohne?« Er musterte Till von oben bis unten.

»Auf jeden Fall brauchst du ein paar anständige Schuhe. Aber die leih ich dir nicht.« Er überlegte einen Moment. »Die kauf ich dir.«

Ein bestimmtes Nicken und Urs machte auf dem Absatz kehrt, ging Richtung Wohnungstür. Als Till keine Anstalten machte, ihm zu folgen, drehte er sich um.

»Worauf wartest du?«, rief Urs über seine Schulter. »Die Läden haben noch eine Stunde auf.«

Till zögerte. Ein Shoppingtrip mit Urs? Ohne seine Mutter oder Anna als menschliche Knautschzone? Till wusste nicht, ob das wirklich so eine gute Idee war. Andererseits könnte er sich dabei vielleicht auch einen neuen Film kaufen; denn in seinem rechten Zeigefinger kribbelte es: Was interessierte ihn sein Entschluss von vorhin? Er wollte wieder auf den Auslöser drücken. Till griff sich seine Jacke und folgte Urs aus der Tür. Er konnte es ja einfach mal darauf ankommen lassen.

Und der Rest würde sich auch noch entwickeln. Da war Till sich mit einem Mal ziemlich sicher.

Und mehr haben meine Recherchen nicht ergeben. Irgendwann muss ja mal Schluss sein, immerhin habe ich auch ein eigenes Leben, auch wenn das nur schwer zu glauben ist. Da fällt mir ein: Letzte Woche war am Himmel über der Marie Curie etwas Glänzendes zu sehen, keine zehn Zentimeter über dem Flachdach. Das war die Goldene Ente, *die da an uns vorbeigeflattert ist. Keine Ahnung, wo sich das begehrte Federvieh am Ende niedergelassen hat. Was ich damit sagen will: Wir haben nicht gewonnen. Nicht mal eines dieser bescheuerten Lexika, und ehrlich gesagt waren wir ziemlich niedergeschlagen. Mit Ausnahme von Paula. Und Till natürlich. Für die beiden hatte sich die ganze Sache letztlich gelohnt. Wenn auch ganz anders als gedacht.*